JN005218

You don't have to force yourself to love me.

無理に愛さなくても結構ですので

推しキャラと一年で離縁する悪役令嬢のはずでした～

［著］
うづき
［ill］
唯奈

eR
eロマンス ロイヤル

CHARACTER

推しが命の転生悪役令嬢

カティヤ・ユスティーナ［18歳］

乙女ゲーム『ユグドラシルの紋章痕』の世界に転生した子爵令嬢。ゲーム内では前世の推しであるルジェクをいびり、離縁される悪妻ポジション。前世はオタクOLで紋章痕は豊穣寄り。一年後にヒロイン・リーリヤとの恋が始まるだろうルジェクを、心身ともに健康にしようと奮闘するが――？
きつめの顔立ちをちょっと気にしている。

不憫担当の隠れスパダリ伯爵令息

ルジェク・レーヴェンハイト／ルジェク・ユスティーナ［24歳］

『ユグこん』攻略キャラの一人で、由緒正しい伯爵家の長子。この世界の絶対基準である紋章痕が貧相だということで家族に虐げられてきた。名家とつながりを持ちたい子爵家と財政が切迫していた伯爵家の利害が一致し、婿として迎えられる。おだやかで作り笑いが得意。実家ではひっそりと暮らし、周囲にも無能だと思われていたけど？

世界に愛される
『豊穣の根』を持つヒロイン

リーリヤ［16歳］

『ユグこん』の主人公キャラ。養護院出身だが、明るく頑張り屋なヒロインらしいヒロイン。世界が渇望する『豊穣の根』を持つ。ゲーム内のルジェクルートではルジェクの心を癒し、離婚の原因になるが？

性格激悪な夫の弟

ライル・レーヴェンハイト［18歳］

レーヴェンハイト伯爵家の次男。美形だが性格はすこぶる悪く、兄であるルジェクをいじめまくる。紋章痕には自信あり。

超クールなお付き侍女

ブランシュ［26歳］

カティヤの幼少期からお世話をしている侍女。歯に衣着せぬサバサバ女子だが、内心はお嬢様命。紋章痕は普通。

CONTENTS

プロローグ ✧ 離縁まであと一年

「初めまして、カティヤ様」

爽《さわ》やかな声だった。目の前の男性から発された甘い響きのそれは、柔らかく、穏やかにカティヤの耳を打つ。

年は二十四、と聞いている。だが、目の前の男性は、それよりも若く見えた。

薄い金色の短髪は襟足だけが僅《わず》かに伸びていて、それが肩口で男性の挙動に添って揺れる。

青色を基調とした正装の胸元には、男性の生家を示す紋章が象《かたど》られたラペルピンが着いている。

長身だが、痩躯《そうく》なようで、手首の辺りにそれが顕著《けんちょ》に表れている。骨の浮いた、と言ったら恐らくは失礼にあたるだろうが、その形容が一番ふさわしく思われた。

するりとした頬《ほお》の輪郭に、筆で刷《は》いたような鼻筋。薄い唇は柔らかな淡紅色をしている。

瞳の色は美しい空色で、薄い色彩のせいか、放射状の虹彩《こうさい》が際立って見えた。可愛《かわい》い、格好良い、という形容よりも、美人という形容が一番似つかわしいだろう。

男性はゆっくりとカティヤの前で膝を突く。

そうして、そっと胸元に手を当てながら、カティヤに向かって微笑《ほほえ》んで見せた。右手は隠すように革の手袋で覆《おお》われている。

「……お会いするのを、楽しみにしておりました。俺はルジェク。レーヴェンハイト伯爵家《はくしやくけ》の長子です。今日から、貴女《あなた》の陰《かげ》になり日向《ひなた》になり支えるよう、父から申しつけられています」

「……初めまして、ルジェク様。私はカティヤ、ユスティーナ子爵家《ししやくけ》の長女です」

カティヤは僅かに乾いた喉を、必死に動かして声を出す。

緊張で指先が震えそうになるのを、なんとか押しとどめた。

危ない。初対面なのに挙動不審な様子を見せるわけにはいかない。

そう、淑女《しゆくじよ》、カティヤは淑女なのだから、相応《そうおう》に落ち着いた態度を取らなければいけない。淑女たれ！　よし！

必死に頭の中で言葉を重ね続けてから、カティヤは落ち着きはらった表情でルジェクを見つめる。

視線が合うと、すぐルジェクは笑みを浮かべた。

穏やかな面持ちだが、彼も緊張しているのだろう、ほのかに睫毛《まつげ》が震えているのが見える。

（私に気に入られてこい、って言われているんだろうな……）

ルジェクを送り出した家族から、彼がどのように言われてここへ差し向けられたのか、想像するだけで心臓がぎゅっと握り締められるような心地《ここち》を覚える。

きっと、その心の奥底には諦《あきら》めといった感情が滲《にじ》んでいるのも、察することが出来る。

そもそも、カティヤとルジェクでは家門の位が全く違う。

さらに言えば、ユスティーナの子爵という位は、カティヤの祖父が王から金で買ったものである。基本的に世襲制の貴族社会で、金で爵位を買った貴族は歓迎されない。その上わざわざ婚姻を結び、一門に加えるなんてよしとしない貴族が多いのは当然だろう。

それでも、ルジェクはここへ——カティヤの夫となるため、ユスティーナ子爵家へ婿《むこ》に来た。

何故か。簡単だ。

カティヤの家には金があり、ルジェクの家にはなかった。

ただそれだけの、いわゆる政略結婚である。

恐らくルジェクはユスティーナ子爵家が縁談を申し入れるまで、カティヤのことなど、知りもしなかったはずだ。

けれど、カティヤはルジェクのことを知っていた。それも、凄《すご》く、凄く前から。

だからこそ父親が、十八になったカティヤの夫となる相手を探していることを知った時、すぐにルジェクの名を挙げたのである。計画はうまく行き、カティヤはルジェクと早々に婚姻を結ぶことになった。

自身の行動を内心褒めながら、カティヤは、ルジェクをじっと見つめる。

「ルジェク様。あまり、緊張なさらないでください。ここへ来てくださったこと、本当に感謝しています。ですので——」

カティヤは一度言葉を詰まらせる。そうしてから、考えていた言葉を、そっと吐き出した。

「私のことを無理に愛そうと思わなくても、結構ですから」

ルジェクが僅かに、はっとしたようにカティヤを見つめる。言葉の真意を測るように潜められた眼差《まなざ》しを受け止めながら、カティヤは思考を巡らせた。

カティヤ――前世、川瀬杏《かわせあんず》は、とにかく本や小説、漫画、ゲームを愛する人間だった。

流行《はや》りのものにはとりあえず手を出してみて、面白かったら続けたり、過去作まで集めたりする。

そうやって様々な沼に手を出してきた杏が、前世、とてつもなく楽しんでいたゲームがあった。

『ユグドラシルの紋章痕《もんしょうこん》』――通称、ユグこん。

いわゆる乙女ゲームなのだが、これがなかなかに杏の心をくすぐったのである。

ユグドラシルの紋章痕は、中世ヨーロッパ風の世界観の、ファンタジー乙女ゲームだ。

主人公、リーリヤを取り巻く男性キャラクターが魅力的で、流行に少し遅れてハマってしまった杏は、給料をはたいてゲームの購入特典を必死に手に入れた覚えがある。

周回要素があり、何度かプレイする度にキャラクターのセリフが変わったり、主人公の行動に変化が出たりするのも、楽しかった。

特にルジェクルートはお気に入りで、何度も何度もプレイをしたので、イベント内容は全て覚えているほどである。

ユグドラシルの紋章痕は、王都ユグドラシルを舞台に話が進む。

ユグドラシルの子ども達は、生まれた時から右手の人差し指や中指に木の根のような紋章が現れているのだ。それを、紋章痕と呼ぶ。

紋章痕は美しい形をしているほどに良いとされている。魔法を使う際に紋章痕へ魔力を通す必要があり、美しい形をしていると、実際、魔法の質や効果も高いからだ。

そのため、この世界において、紋章痕は人々の価値を決めてしまう。

紋章痕がひどく劣った形、つまりは歪《いびつ》であったり細く薄いなどの貧相な形をしていれば、それだけで世間や家族から無下《むげ》に扱われてしまうくらいには。

主人公リーリヤは平民でありながらも美しい紋章痕を宿している。

紋章痕の形は遺伝するとされているため、主人公は様々な人々から婚姻相手として狙われることになる――というのが、簡単な筋書きである。

見目が美しくとも紋章痕が汚ければ、嫁のもらい手もない。

逆に、見目が多少劣っても、紋章痕さえ美しければ引く手あまた、ということである。

少しいびつな設定に、けれど杏はひどく惹かれた。

そんな杏だったが、この世界で前世のことを思い出すのは少し時間がかかった。

ちょうど十年前のことだ。カティヤが八歳の頃、魔法の練習を行っている最中に、猛烈な既視感を覚えたのが、きっかけである。

あれ、これ、見たことある！　という感覚から、唐突に二十六年で幕を閉じた前世のことを全て思い出し、カティヤの脳は混乱の渦《うず》の中へ叩き落とされた。

魔法は暴発し、カティヤはその場でへろへろと座りこむことになった。異変に気付いた侍女《じじょ》が、「カティヤ様！」と駆け寄ってきてくれたのを最後に、記憶がない。

その日からしばらく熱に浮かされることになった。幼い頃から仕えてくれている侍女――ブランシュが言うに、かなり危ない状況であったらしい。カティヤには寝込んでいた時の覚えはないが、前後一週間の記憶がおぼろげになってしまったほどだから、相当なものだったのだろう。

一週間後、完治した頃にようやく、自分は転生したのだということを理解した。

しかも、カティヤの間違いでなければ、前世、沼にハマっていたゲーム――『ユグドラシルの紋章痕』の世界へ。

それからというもの、カティヤはすぐブランシュに、現在の世界の状況や、今がユグドラシル歴において何年なのかを尋ね、自分でも王都の歴史を調べあげた。

ブランシュは「お嬢様、急にどうされたのですか？」と不審そうな顔を見せながらも、カティヤの尋ねる疑問の一つ一つに、丁寧に答えてくれた。

それらを聞き終え、鏡に映る自分の姿を改めて見た時、カティヤはゲーム内における自身の役割を、天啓《てんけい》のように理解したのである。

柔らかく広がる赤色の長髪、意志の強さを感じさせる、つり目がちな緑色の瞳。

幼いながらに、鏡に映る自分の姿はどこまでも冷たさを滲ませていた。

良く言えば端正、悪く言えば気の強そうな顔立ちをしていて、――その面影に、とてつもなく見覚えがあった。

信じられない気持ちで、カティヤは自身の頬を撫でる。鏡に映った像が、同じように頬を撫でるのを眺めて、ああ、と心中で声を震わせる。

そう、カティヤはいわゆるゲーム内での悪役であった。

しかも、推しであるルジェクを、いじめたおす妻という役どころである。

ルジェク・レーヴェンハイト。

名門レーヴェンハイト伯爵家の長子でありながら、貧相な紋章痕を持ち生まれたせいで、家族からひどい扱いを受けている。その上、彼はレーヴェンハイト家が財政難に陥《おちい》った際に、ほとんど身売りのようにして、家格が下のカティヤの家へ婿入りすることになった。

もちろん、政略結婚なので二人の間に愛はない。

ルジェクルートでは、自身の人生に諦観の念を抱いていたルジェクを主人公が支えることで、ルジェクは生きる希望を見いだし、明日への活力を持つようになる。

――前世で『ユグこん』をプレイした時、杏はちょうど勤めている会社で色々とトラブルに巻き込まれて、腐っていた。だからこそ、人生を生き直す、というテーマのルジェクルートが、ひどく胸を打った。ルジェクが少しずつ希望を取り戻す度に、笑みを浮かべる度に、杏の頑《かたく》なな心が、少しずつ解《ほぐ》れていくような心地を覚えた。

「推し」というより「沼」に近い。

後々、ルジェクルートは『ユグこん』では一番泣けるシナリオ、と評されているのを知り、確かに、と納得したものである。ルジェクは綺麗で、美しくて、穏やかで、優しい。何度やっても、ルジェクルートには新鮮な驚きがあった。

エンディングが流れる頃には、いつも、泣きながらルジェクの幸せを願ってしまうような、プレイし終えた後、ルジェクのことをぼんやりと考えてしまうような、そんな優しさに満ちあふれたルートだった。

ただ、言ってしまえば、主人公による寝取りルートである。そして今世において、カティヤは寝取られる側だ。

そしてゲームを沢山やりこんだカティヤは、自身がいつ主人公にルジェクを寝取られるのか、理解していた。

そう、ルジェクがカティヤと婚姻を結んでから約一年後——つまりは、今日から一年経《た》ったら、ルジェクは主人公と出会い、カティヤはルジェクを寝取られる、というわけである。

もちろん、この世界で主人公がルジェクルートに進むかどうかは、今のところわからない。

だが、とりあえず、ルジェクは主人公と交流することで、ようやく人として生きることが出来るようになるのだ。

ならば、ルジェクが推しである杏——カティヤがすることは決まっている。

来たるべきその時まで、ルジェクの身柄をきちんと保護し、そしてルジェクが主人公に寝取られた際には、すぐに離縁してあげる、ということである。

別段、寝取られ性癖があるわけでもないが、どの乙女ゲームにおいても、このキャラクターは主人公が居なかったら多分悲惨な人生を歩んでいたどころか、自分で命を絶っていたかもしれない……と同情してしまうようなキャラがいる。『ユグこん』では、それがルジェクというキャラクターだった。

カティヤとルジェクの婚姻は避けられない。

なればこそ、カティヤは最初から、ルジェクに愛されることを放棄しようと決めた。

でも正直、推しから嫌われることは避けたい。出来るならば、友達のような関係性で居たい。

そうして、彼に愛する人が出来たら、その時は喜んで見送ろう――。

そう思い立ち、発した言葉が『愛する必要はない』という宣言だった、のだが。

「無理に……ですか?」

ルジェクが僅かに言葉を詰まらせる。

右手を革手袋で覆っているのは、貧相な紋章痕を隠すためなのだろう。基本的に華麗で美しい紋章痕持ちの人間は、隠そうとはしない。カティヤがそうであるように。

「そう。――その、やはり、なんというか、無理を言って来てもらったわけでしょう」

「そんなことは……」

「私はルジェク様のことをきちんと知らないし、ルジェク様も私のことを知らない。ですから、急に夫婦になれ、互いを愛せよ、と言われても困るかと思って。ええと……、そう、私、友達みたいになりたいんです」

流石《さすが》に、自身を嫌え、とは言えない。

そもそも、カティヤが自分のことを嫌ってほしいと宣言したところで、ルジェクは頷《うなず》かないだろう。

ルジェクはカティヤの言葉に僅かに目を瞬《しばたた》いた後、「ともだち」と囁《ささや》くように口にした。カティヤは頷く。

「そう。友達から。なんて、子どもじみているかもしれませんが。何でも相談し合えるような、そんな関係になれたらいいなと思っています。もちろん、お嫌なら強制はしません」

「……いいえ、嫌だなんて、そんなことは、一切ありません」

ルジェクは首を振る。そうして、穏やかに微笑みながらカティヤを見つめた。

ルジェクはよく笑う。だが、それは、心の底から楽しいだとか、嬉しいだとか思って笑っているわけではないのだ。

笑うことで人と線を引く。そうやってルジェクは生きてきた。笑顔は彼にとっての処世術の一つである。貼り付けたようなそれを眺め、カティヤは、ルジェクの今までを思って胸が痛むのを感じる。

もっと早く、カティヤがルジェクを保護出来ていたなら良かったのだが。

なかなか人生とは上手くいかないもので、幼い頃はルジェクの居場所を探ろうとしても全く上手くいかなかった。

結局、父親がカティヤの婚約者を探す頃になるまで、カティヤはルジェクを保護することが出来なかった。

ルジェクの細い手首を再び眺めそうになり、カティヤは首を振る。そうしてから、じっとルジェクと視線を合わせた。

薄い水色の瞳が、同じようにこちらを見つめる。

せめて、この家に居る間は、安心して幸せに過ごせるように。

「よろしくお願いします……、と言うのも、多分、おかしいかもしれませんが」

カティヤが笑いながら言葉を続けると、ルジェクは僅かに顎を引いた。迷ったように瞳を揺らし、それからカティヤと同じように笑みを浮かべる。

「いえ。よろしくお願いします、カティヤ様」

そうして、いびつながらも、カティヤとルジェクの結婚生活は、幕を開けることとなった。

第1章　推し、健やかに育て

王都への書類提出と、形だけの教会での宣誓を行い、二人の婚姻の手続きは終了した。

両親はもっと派手にやらないのかと言ってくれたが、ルジェクがお披露目を嫌がるだろうし、どうせ一年後には離婚なので、カティヤから丁重に断った。

そんなわけで夫としてやってきたルジェクに屋敷を案内し、三日ほどが経《た》った。

カティヤは、ルジェクにとって、この場所がせめて一時でも休まるような場所になれば、と考えていた。

そのために色々と用意をしたし、「無理に愛する必要もない」という宣言もした。個人的には満点を与えても良い行動を取っていると思う。なんなら寝室も別にしているし、部屋だって別個である。食事も最初の晩以外は個別で摂《と》っている。

そうしてしっかりとプライバシーを尊重して行動をしているはず、なのだが。

「ルジェク様に関して、お嬢様のお耳に入れたいことがございます」

「ルジェク様の？」

朝ご飯を食べに席に着いたと同時に、告げられた言葉に、カティヤは目を瞬《しばたた》かせる。傍仕《そばづか》えの侍女《じじょ》——ブランシュが、猫のような形をした栗色の瞳でカティヤを見つめた。

ブランシュは幼い頃からカティヤの世話をしてくれている亜麻色《あまいろ》の髪の女性だ。カティヤより三歳年上で淡々と冷静に考え、歯に衣を着せぬ物言いをする、姉のような存在である。

ブランシュの右手の紋章痕《もんしょうこん》は素朴な形をしていた。ブランシュ曰《いわ》く、「もう少し形が綺麗だったら、貴族に……いえ、そうでなくても大商人へ嫁入り出来たんですが」とのことである。ブランシュは、この世界における多くの人がそうであるように、紋章痕の美醜を判断基準に置く人だった。

無論、カティヤもそうだった——前世を思い出すまでは。

八歳以前、自身の紋章痕を大事に大事にしていたカティヤを見ていたブランシュからすると、今のカティヤの様子はびっくりするほど変わったらしい。

紋章痕を目立たせるアクセサリーの類《たぐ》いを処分する、と言った時など、「本気ですか？　あんなにこだわっていたのに？　これ一つ作るのに、あんなに職人に色々命令していたのに!?」と驚愕していた。さらに、カティヤの顔をじっと見つめ、「もしかして、まだ風邪を引かれていますか……？」と額に手を当ててきたくらいだから、本当に正直な女性である。だからこそ、カティヤもブランシュを傍に置いているのだが。

裏表のない彼女は、カティヤにとってこの世界における指標だ。彼女は一般の人々と変わらない感性、価値観を持っていて、そのようにカティヤに接してくれる。

「なんだろう……もしかして今日の朝ご飯は何を食べただとか、本は何を読んでいただとか、そういったことを教えてくれるの？」

「残念ながら、そういうことは知りません。……というか朝ご飯の内容はお嬢様と一緒ですよ」

推しの情報なら何でも嬉しい――と思いながらカティヤが口にした言葉を、ブランシュは切って捨てる。戸惑うような、呆れたような表情を浮かべながら、ブランシュはカティヤを見つめた。

「い、一緒の朝ご飯を食べてるの？」

「当然でしょう。ルジェク様は好き嫌いもないご様子なので、別の料理を用意する、ということもないようです。……お嬢様のルジェク様に対する愛情、一体どこから湧いてでてくるんですか？」

推しに対する愛情が、どこから湧いてくるか。……難しい質問だ。カティヤは悩み、言葉を口にする。

「お腹……とかから、かしら……」

「お腹……。……お嬢様、ルジェク様の家に何かしら弱みを握られているとか、ありませんか？」

唐突な言葉だ。カティヤが瞬くと、「そうでなければお嬢様の紋章痕で、ルジェク様と結婚なさるのが――」と口にして、ブランシュはすぐに唇を引き結んだ。失言を悔いるように眉根《まゆね》を寄せ、けれど少し納得出来ていない様子のまま、首を振る。

「いえ、出過ぎたことを申しました。とにかく、お嬢様、ご報告をさせてください」

そのまま、ブランシュは淡々とした口調で、『報告』を続けた。

ブランシュの口にした言葉の意味を噛《か》み砕く、僅《わず》かな間を置いてから、カティヤはすぐ立ち上がった。

「ちょっと行ってくる……！」

「行ってらっしゃいませ。食事はどうなさいますか？」

「あとで……！　あとで決めるわ！」

ブランシュが頭を下げるのを尻目に、カティヤはルジェクの部屋へ向かった。

コンコン、とノックをして声をかけると、「はい」と答えがある。

やや間を置いて扉が開いて、ルジェクが顔を出した——ところを、カティヤはノブに触れて大きく扉を開く。

驚いた顔のルジェクをじっと見つめ、部屋に足を踏み入れた。

「ルジェク様」

「は、はい。カティヤ様、おはようございます。ご機嫌麗《うるわ》しく」

ルジェクはすぐに取り繕《つくろ》うように笑みを浮かべると、恭《うやうや》しい態度でカティヤに挨拶の言葉を連ねる。柔らかく穏やかな声音は、先日、話した時と一切変わりようがない。

だからこそ、とてつもない焦燥感を覚えて、カティヤは早口に言葉を重ねる。

「——どうして、外に出ないんですか？」

「え？」

──ルジェクはカティヤの屋敷にやってきてから、ほとんどの時間を、自室に籠もって過ごしている、そうである。

ブランシュが言うに、カティヤの父から領地経営について話がある時など最低限は部屋から出るものの、食事をする時も自室で僅かな量を食べるのみで、それ以外の時間はずっとぼんやりと窓の外を見つめて一人、まるで人形のように自室で過ごしている……そうだ。

確かに姿を見ないとは思っていた。プライベートは確保してあげたいとも思っている。

だがまさか、自室でずっと呼吸だけして生きているという、そんな状況を見過ごすわけにはいかない。

「外に……」

「そう、そうです。我が家には庭園もありますし、その、少し歩く必要はありますが、街も近いです。もしかして、何かお気に召しませんでしたか？」

ルジェクはゲーム内でも基本的に大人しい性格をしていた。

外でバイタリティ溢《あふ》れながら遊ぶ、というよりも家で本を読んで過ごす、ということの方が恐らくは合っているだろう。とはいえ、三日も外に出ないというのは、流石に心配になってくる。

カティヤはルジェクに近づく。革手袋に包まれた右手にそっと触れると、ルジェクの体が僅かにこわばり、表情に硬さが滲《にじ》む。

「もしかして熱があるとか？　すぐに薬と栄養のつく食べ物を用意させます！」

「いえ――違います。違うんです。体の調子は悪くありません。それに、庭園も。ここから見るだけでも、とても綺麗だと……」

なら、どうして、部屋の外に出ないのだろうか。

別段、行動を制限しているつもりはない。

ルジェクが出来る限り幸せに過ごせるようにしたいと思っているのだ。推し、健やかに幸せに育ってほしい。ただ、一心にそれだけを思っているのだが。

「も、もしかして部屋が気に入りませんでしたか!? 私、その、どういう家具が好きかとか聞かずに揃《そろ》えてしまって! 何か要りようならすぐにでも用意を――」

思い至ってカティヤが慌てると、ルジェクはそっと唇の端を持ち上げて微笑《ほほえ》む。

「いえ、部屋は……本当に、俺にはもったいないくらいです。気になさらないでください」

線を引かれた、と明確に察することが出来る笑みと返答だった。

だからこそ、カティヤは僅かに息を呑み、それからルジェクをじっと見つめた。

ルジェクはそっと視線を落とし、言うべきか言わないべきか、悩むような間を置いてから、言葉を口にする。

「その、伯爵邸《はくしゃくてい》でも、そのように過ごしていたので……それに、カティヤ様が、俺の顔を見たくないのかと思い……」

「え!?」

ほとんど反射的に大きな声を上げ、カティヤはじっとルジェクを見つめる。

美しく整った顔立ちだ。緊張しているのか、瞬きの回数が多い。

むしろこんなにも整った顔、眺めずにはいられないというか、眺めているだけで寿命が延びるのではと錯覚するくらいであるというのに。

どうしてそんな風に思ったのだろう——とカティヤは考えて、すぐに思い至る。

確実に、『愛する必要はない』宣言のせいだろう。

そもそも、家族にないがしろにされてきたルジェクに対し、そう伝えること自体がいけなかった。

もちろん、完全に善意での発言だったのだが、受け取り手にはそう聞こえない可能性を考えるべきだった。

ルジェクは、恐らく、『愛する必要はない』という宣言を、「愛するな」「私も愛さない」という風に理解したのかもしれない。

伯爵邸からここへやってきて、顔合わせをした瞬間に、希望を抱く間もなく、突き放されたと感じてしまったのかもしれない。

もしかしたら——カティヤはルジェクのことを愛してくれるのではないかなどという、一抹の希望を踏みにじるような発言と捉《とら》えられたのかもしれない。

貧相な紋章痕持ちとして長年虐げられてきたため、ルジェクの自己肯定感は地を這《は》うがごとく低い。そのことを考慮すべきだった。

そのため、彼はカティヤの宣言を聞いて部屋に籠もり、領地経営についての話をする以外は顔を出さないように決めたのだろう。伯爵邸で、そうだったように。

ただ今更、カティヤの初日の発言を撤回することは出来ない。

そもそも撤回したところで、カティヤがルジェクの心を傷つけた事実は変わりようがない。

カティヤは必死に思考を巡らせ、それから小さく息を零した。

「見たくないなんて、とんでもないです！　毎日見たいくらい」

「――え？」

ルジェクが僅かに視線を揺らす。カティヤは畳みかけるように言葉を続けた。

「言い方が悪かったと思います。すみません、無理に愛する必要はないと言いました、それは事実です。ですが私としては、ルジェク様とは大変！　仲良くなりたいと思っています！」

カティヤの真意を測りかねているような間を置いて、彼は「……その、良いのですか？」とだけ言葉を続けた。

良いも何も、である。カティヤは何度も頷《うなず》く。

「むしろいつでも顔を見せに来てください、私も顔を見せに行きます。そうだ、ご朝食はまだですよね？　一緒に食べましょう！」

「……ですが、俺は、『腐《くさ》り根《ね》』ですよ」

ルジェクが言葉を続ける。貼り付けたような笑みがその面持《おもも》ちに広がる。

腐り根――貧相な紋章痕のことを、俗にそう言う。いわゆる蔑称《べっしょう》だ。

指を這う紋章痕が、植物の根のような形をしていることから、貧相なものを『腐り根』、美しいものを『豊穣《ほうじょう》の根』と呼ぶ。ちなみにカティヤの紋章痕は豊穣に分類される。

正直、カティヤにとっては紋章痕が貧相だろうが、そうでなかろうが、どうでも良い。

ゲーム中、ルジェクの紋章痕はついぞ画面に出てこなかったので、見てみたいと言えば見てみたいが、ルジェクは嫌がるだろうし止めておこう、と思う程度である。それくらいの興味しか抱いていないのだ。

ゲーム内のカティヤは、ルジェクの貧相な紋章痕をとてつもなく嫌悪していたが、今のカティヤは杏《あんず》の性格が中心に据えられていて、元々の性格はなりを潜めている。

ルジェクの幸せを願うことはあるが、不幸を祈ることなど、一切ない。何せ推しである。

「紋章痕が、私とルジェク様が朝食を共に摂ることに、何か関係があるのですか？」

「……いえ、ですが、腐り根は伝染すると言われています。どのような状況でそれが起こるかわからない以上、あまり俺と共に居るのは……」

カティヤは瞬いた。

――『腐り根』は、伝染する、と噂《うわさ》されている。実際、そういった事例を聞いたことはない。だが、多くの人々は腐り根の傍に寄ることを嫌がるものである。

何かあるかも知れない。そういった感情が、人々の行動を制御する。

「……私の父は良いんですか？」

「え？」

「父です！　ルジェクが師事している……朝食は駄目なのに、領地の相談は良いのですか」

少し意地悪な言葉だ、とカティヤ自身思う。実際、ルジェクが困ったように視線を揺らした。

領地運営の話をする時、二人がどのような距離で話しているのか、わからない。

ただ、ルジェクの様子を見る限り、身を寄せ合いながら、というのはあり得ないのだろう。もしかしたら、出来る限り距離を取りながら、学んでいるのかもしれない。

「紋章痕が伝染する、というのは噂でしか聞いたことがありません。なので、その噂を、今後のためにも、私とルジェク様で破壊しましょう！」

言葉を続け、そのままカティヤはルジェクの右手に触れた。手袋に覆《おお》われた指先が、びくりと震える。

実際、『腐り根』と呼ばれる紋章痕は、遺伝ではなく変異的に出現することが多いようである、というのは、カティヤとしてこの世界で過ごす内に知った。

それに、設定資料集においても『遺伝すると噂されている』と記載されていたはずだ。本当に遺伝するのであれば、そういった書かれ方はしないだろう。

ユグドラシルにおいて、『腐り根』や『豊穣の根』が遺伝する、伝染するというように噂されているのは——すなわち、この世界において紋章痕が絶対的な価値基準として降臨しているからに違いない。少しでも違うものを家門に入れることを恐怖する、そういった人々の感情から来ているのだろう。

　ルジェクは薄い水色の瞳を瞬かせて、それから困ったように眉根を寄せる。共に食事をするかどうか、決めきれないのだろう。

　ゲーム中、ルジェクは悲惨な目に遭っていたことが何度も示唆《しさ》される。だからこそ、『主人公居ないと大変なことになっちゃってたねキャラ』の座を揺るがなくしているのだが。

　しっかりと明記はされていなかったが、この様子を見るに、伯爵家でも家族と食事を摂ることはなかったのだろう。名誉ある伯爵家の長子として生まれたにもかかわらず、紋章痕が貧相というだけで、まるで居ないもののように扱われるのだ。

「好きなものはなんですか？　そうだ、庭園で食べるのも良いかもしれません！　ガゼボがあるんです。どうでしょう？」

「……カティヤ様が良いのであれば、俺は問題ありません」

「なら是非、庭園で！」

　ガゼボとはいわゆる東屋《あずまや》である。庭園にある屋根付きの建物で、日陰に居ながら美しい花や木々をどの方向からも楽しむことが出来る。

　そうと決まったらブランシュら使用人にルジェクとガゼボで食事をすることを伝えなければ。カティヤはルジェクの手をぎゅうっと握り締め、それから笑みを浮かべる。

ルジェクは一瞬面食らったように顎を引いて、それからいつもの笑みを零《こぼ》した。

「楽しみにしています」

「はい。俺も、楽しみにしています。すぐ向かえば良いですか？」

「そうですね、準備がありますから……そうだ、準備が出来るまで、良かったら庭園を見回りませんか？　見せたいものが沢山あるんです！」

「――はい、是非」

ルジェクが頷く。その様子をじっと眺めてから、カティヤは優しくルジェクの手を引いた。

すぐに使用人に朝食をルジェクと共に庭園で摂ることを伝え、カティヤとルジェクは庭園へ出た。

花も盛りといった季節で、庭園には色とりどりの花が咲き誇っている。庭師によってどれも絶妙なバランスで、美しさを誇り合っていた。

朝の日差しはまだ柔らかく、二人の元へ降り注ぐ。

ユグこんの世界は四季がある。

今は春だが、もう少し経てば夏のような暑い季節がやってくる。その後は徐々に涼しくなり秋が冬を引き連れてくるだろう。次にこの気候を迎える頃には、ルジェクはもうカティヤの隣《となり》には居ないはずだ。

花々を眺めながら、ルジェクが小さく息を零す。美しいものに感じ入るような吐息だった。

「綺麗ですね。とてもよく整えられていて……」

「良かったです。私、この庭園が好きなので、ルジェク様も気に入って頂けたなら嬉しいです」

「……そういえば、昨日も出ていられましたね」

「見えてましたか？」

「はい」

ルジェクが頷く。

実際、カティヤは昨日も庭園に出ていた。ルジェクと婚姻を結んでからというもの、姿を一切見ないので、彼を捜して外に出た、というのもあった。

実際、ルジェクは部屋にずっと引き籠もっていたので、昨日の行動は意味がなかったのだが。

「ルジェク様は、花はお好きですか？」

「はい。母が好きで……、そのせいもあるのでしょうが」

少しばかり懐かしむように、ルジェクは言葉を続ける。

彼の母親の存在を、無論、カティヤは知っていた。

ルジェクを産み、その紋章痕が故に酷い扱いを受けるルジェクを哀れみ——、そしてルジェクが幼い頃に亡くなってしまっているということも。

カティヤは小さく息を呑む。そうしてから、「この花」と、地面に咲き誇る花を指さした。

「知っていますか？」

「もちろん。ユグドラシルを象徴する、ノルンの花ですね」

純白の色を宿すノルンの花は、水に濡れると花弁が透明になる性質を持つ。その不思議な性質もあって、ユグドラシルでは神聖な花として重宝されていた。多くの貴族がノルンの花を育て、自らの家のノルンの花こそ一番美しい、と自慢し合う。

そのノルンの花をカティヤは一輪、そっと手折る。

そうして、みずみずしいそれを、ルジェクの方に向けた。

「ノルンの花は誓約をする時に送り合うと聞いています。なので、この花を証人に、私はルジェク様に誓います」

「……カティヤ様？」

「ルジェク様を脅かすことは一切しないこと、そして、ルジェク様が望むことは出来る限り叶える、ということを」

言葉を続け、カティヤはルジェクを見つめた。呆けたような表情と目が合う。

いつもの笑顔を貼り付ける余裕がなくなってしまうほど、ルジェクが驚いているのは確かだった。

その様子に少しだけ笑いながら、それから、とカティヤは言葉を続けた。

「これからは出来る限り、一緒にご飯を食べるということも、追加で」

「……どうしてそのように優しくしてくださるのですか？」

呆然とした様子のルジェクに、思わずカティヤは「え？」と声を出してしまう。

「……カティヤ様は、その、……失礼ながら、俺の紋章痕を見ていないから、ここまで出来るのだと思います。きっと、見てしまえば失望するでしょう。貴女《あなた》が考えているよりも、俺の紋章痕はひどく貧相で、いびつなのです。父には絶対に人目に触れさせることがないようにと厳命されているくらいには」

　ルジェクは震える声で言葉を続ける。

　まるで感情の堰《せき》が決壊してしまったかのような、そんな声だった。

「俺は貴女にこのような扱いを受けるような存在ではありません。婿《むこ》入りしましたが、奴隷《どれい》のように扱われても文句は言うなと言われています。それほどのものなのです。伯爵家の長子としてあるまじきもので、父は厄介払いが出来たと喜んでいて――」

「ルジェク様」

　ルジェクが口にした言葉が、そのまま自身の心をずたずたに傷つけているのが見えるような気がして、カティヤは慌ててルジェクの名前を呼んだ。

　ルジェクがはっとしたように言葉を詰まらせ、それから「見苦しい……ところを、お見せしました」と囁《ささや》くように続ける。

　カティヤは首を振る。そうして、震えるルジェクの体にそっともう片方の手を回し抱きよせた。

「私は、優しくしているつもりはありません」

「……」

「ただ、そう、初日にも伝えましたが――私は貴方《あなた》と友人としての関係を築きたいのです。沢山のことを話して、色んな希望や幸せを交換し合うような、そんな関係性になりたいだけです。ですから、ご自分に一切の価値がないというようなことは、おっしゃらないでください」

「ですが」

「私にとって、ルジェク様は婿に来てくださった大切な方です。ですので、ルジェク様といえども、ルジェク様自身を傷つけることは、絶対に許しません！」

カティヤの言葉に、ルジェクが僅かに息を呑む。

カティヤはその細い体の背を撫でてから、ゆっくりと体を離した。

ルジェクは細い。とりあえず、沢山食べて、健康的になってもらわねばならないだろう——。

今は栄養状態も悪いし、もしかしたらきちんと眠れていないのかもしれない。

新しい環境に晒《さら》されて、ナイーブになるのは当然とも言える。もっときちんとケアしておくべきだった。

カティヤはルジェクに笑みを向け、再びぎゅう、とルジェクの右手を握り締める。

「今日はとりあえず、沢山食べましょう！　お腹が空いていると思考も悪い方へ向かっていきますから。さあ、そろそろ食事の準備も出来た頃でしょうし、ガゼボの方へ向かいましょう」

ルジェクは、戸惑いを浮かべながらカティヤを見つめてくる。それを見つめ返しながら、カティヤは言った。

「私はルジェク様に健やかに生きていてほしいので」

「……ええと？」

さらに一言一言を区切るように言葉を続けた。

「健やかに！　幸せに！　生きていてほしいのです！　私の夫になってもらうわけですから、不幸なんて感じる暇もないくらい、幸せにしてみせます！」

カティヤの宣言に、ルジェクが僅かに目を見開く。

そうしてから、「健やかに……」とオウム返しのように言葉を続けた。

カティヤは頷く。

推し、健やかに幸せに生きろ。――ファンが推しに対し抱く感情の、一番大きな比率を占める願いだろう。

さあ、行きましょう、とカティヤはルジェクの手を引く。

ルジェクは少しばかり疑問を滲ませた表情を浮かべていたが、すぐに、ゆっくりと歩き出した。

拒否はしないようである。いや、出来ないというのが正しいのかもしれない。

基本的に先ほどのような吐露《とろ》を除けば、ルジェクは穏やかでふわふわとした掴《つか》みどころのないお兄さんである。

いずれ、ルジェクが自らの意思で拒否出来るように、とりあえず笑みを浮かべてその場を収めようとしないように、健やかに心を育てていく必要がある。

カティヤは心の中で決意する。『推し、健やかに育て作戦』がきちんと功を奏すかどうかは、カティヤの行動にかかっている。

「今日の朝ご飯はなんでしょうか？　楽しみです。ルジェク様との食事なので、さらに」

「……カティヤ様は、変わっていますね」

「そうでしょうか？　私はそうは思わないので……、是非、慣れてください」

「努力します」

いずれ主人公に寝取られるとしても、それまではカティヤがルジェクの傍に居るのだから。


貴族の仕事というのは多岐にわたる。

基本的には領地経営が主だが、それ以外にも、領民や領地の視察、他の貴族と関わりを持つために夜会などに出向くことはもちろん、スポーツの試合に名を揚げるために参加することもある。

カティヤの家は商人として名を立て、大もうけした祖父が領地を爵位ごと買い上げて、今に至る。

カティヤの父は貴族としての仕事の傍《かたわ》ら、今も商人としての仕事を行っているので、忙しく過ごしている。カティヤ自身も、多忙な父を手伝って領地の視察などに赴《おもむ》くこともある。

ユスティーナ子爵家《ししやくけ》の嫡子として、日々、出来る限り学んでいる。それもこれも、ルジェクと別れた後のことを見越して、である。

ゲームに出てくるカティヤの物語は、ルジェクを寝取られたところで終わり、そこから先は語られない。まるで居ない者のように扱われるのだが、実際問題、杏のカティヤとしての人生は、その後もずっと続く。

もし、死亡したと語られていたら、恐らくカティヤはこれからの日々を戦々恐々《せんせんきょうきょう》として過ごすことになっていただろう。

だが、そうではない。

語られない以上、死んでいるかもしれない。けれど、生きているかもしれない可能性だって、あるのだ。

だからこそ、カティヤは父の手伝いを行いながら、領地に対する知識を少しずつ深めていくようにした。ルジェクと別れた後、自身の手で、領民を飢えさせることがないように。

幸いにもゲームの知識は頭の中にたたき込まれているので、これから見つかるはずの月水晶（大変に高い宝石だ）の採掘可能な洞窟の場所や、雪奏《ゆきかなで》（今後もの凄《すご》く価値が高くなる魔法植物だ）の群生している場所は把握している。金銭的には全く問題ない人生を送れるはずだ。

それにカティヤは一人に慣れている。だから、今後ルジェクが居なくなっても問題はない。

もちろん、主人公がルジェクルートに進まない可能性もあるだろう。

だが、推しというひいき目なしにしても、ルジェクはもの凄く、そう、もう見ているだけで視力が回復しそうなくらいの存在である。

神々しい。最高に美人だし、優しいし、穏やかだし、ふわふわしているし、そもそも儚《はかな》げで手を差し伸べてしまいたくなる。

さらに、伯爵家長子という肩書きまで持つ、どこをどう見ても悪いところなんて一つもない素晴らしい存在が、まさか放っておかれるはずもないだろう。

紋章痕についても、主人公は気にしないはずだ。ルジェクルートでは、『腐り根』を持つルジェクを、主人公が逆に励ましていたくらいなのだから。

せめて寝取られた後も、ルジェクが幸せそうに暮らしているところを眺めてから立ち去りたいものだ――なんて考えている内に、ブランシュから「ご朝食の準備が出来ました」と声をかけられた。

カティヤは頷いて、自室から食堂へ向かう。

室内に入ると、ルジェクは既に来ていたようで、カティヤに気付くと穏やかに笑みを浮かべてみせた。

朝ご飯は一緒に食べよう、と約束をしてからというもの、ルジェクは一度もカティヤとの朝を欠かしたことはない。根が真面目《まじめ》なのだ。

右手を覆う手袋は相変わらず着けているが、今日の服装は普段よりも軽装で、白シャツを着用している。襟と袖に、紺色の糸で花を象《かたど》った刺繍《ししゅう》があり、上品さをかもしだしていた。シンプルな服装なのに、ルジェクが着ると何もかも一流の衣類に見えるのが、なんだか不思議だ。推しに対するひいき目かもしれないけれど、とにかく何を着ても似合う。

カティヤも、ルジェクと共に朝ご飯を摂るようになってから、ルジェクの傍に居ても恥じないような格好を！　という信念に基づいて、ドレスを決めている。華美なものにすると、ただでさえちょっと冷たい印象のあるカティヤの顔立ちが、さらに近寄りがたくなってしまいがちなので、その辺りのさじ加減が難しい。

今日は赤色の髪を、ハーフアップに編み上げている。ブランシュによって綺麗に整えられたそこを彩るのは、赤色に映える白いレースの髪留めだ。リボンにいくつものレースが重ねられており、光沢のある糸を使用しているのもあって、光を浴びると幻想的な輝きを放つ。

ドレスは、シンプルなクリーム色のものを着用している。絹で作られたそれは、腰から下はゆったりとした作りになっていて、挙動に添ってスカートが軽やかに広がる。胸元には滲むような藍色の糸で繊細に刺繍された紋様が煌《きら》めいていた。

着やすくて、けれどそれなりに高級感のあるドレスは、カティヤのお気に入りである。これを着ていると、悪役っぽい顔つきが、多少なりとも柔和《にゅうわ》に見える——ような気がする。

ブランシュからは、「お嬢様は自分が思うほどそんなに悪役面してないですよ」と言われているが、気になるのは気になるのだから仕方無い。美人系と称されるであろう顔つきを出来る限り柔和なものにしたいと考えている。優しげに見えているだろうか、と若干の不安を抱いていた矢先、ルジェクに声をかけられる。

「おはようございます、カティヤ様。良いお目覚めだったようで、何よりです」

「……良い目覚め……、ですか？」

「はい。すがすがしい表情をされているので。……良い夢を見たのかな、と」

ルジェクは優しく言葉を続ける。そうしてから、軽く小首を傾《かし》げて見せた。

くっ！　今日も推しは可愛《かわい》い。

内心身悶《みもだ》えながらも、カティヤは淑女《しゅくじょ》の笑みを絶やさず答える。

「確かに。良い夢を見ました。ルジェク様にはお見通しですね——とはいえ、すみません。お待たせしてしまったようで……」

推しと一緒に食事を摂れる嬉しさが、表情から滲み出てしまっていたようだ。

実際のところ、見た夢はあまり覚えていないが、とりあえず話は合わせておくべきだろう。まさかルジェク様に会えて嬉しいからです、だなんて伝えたら、距離の詰め方に驚かれてしまう。

「いいえ、お気になさらないでください。それに、約束の時間まではまだ余裕がありますから」

確かに、朝食を共に摂る、と約束した時間からまだ幾ばくか余裕はあるが。カティヤは微笑んで感謝を述べる。明日はもう少し、早めに起きることにしよう。

二人が席に着くと、ほどなくして料理が運ばれてくる。

焼きたてのパンに、領内で取れた果実をふんだんに使ったコンフィチュール、それと飲み物としてのスープ。どれもカティヤの好きなものだ。

ユグドラシルの恩恵に感謝する祈りを捧げてから、ゆっくりと食事を始める。パンを小さくちぎり、コンフィチュールを断面に塗りながら、カティヤはルジェクを見た。

同じように食事を進めていたルジェクが、カティヤの視線に気付いてすぐに顔を上げる。そうしてから、笑みを浮かべた。少し、嘘《うそ》っぽい笑みだ。

ルジェクが本当の意味で笑顔になれるのは、主人公との関わりを通してからだから、当然とも言える。

カティヤは出来る限り笑みを返し、それから「そうだ、今日はお休みと聞きました」と声をかけた。

ルジェクはカティヤの言葉に僅かに瞬くと、そっと笑みを唇の端に乗せる。カトラリーを静かに皿の上へ置いて、「はい。休暇を取るように、との言づてを頂いています」と続けた。

ルジェクは、カティヤの父親に領地運営を師事している。

生家ではそもそも弟が家を継ぐ予定だったらしく、領主としての教育は受けてこなかったようだが、その分熱心に勉強に取り組んでいるらしい。毎晩本を読んでいるようで、ルジェクの部屋の明かりが夜遅くまで点いていることもある。

そのため、根を詰めすぎないように、カティヤの父がルジェクに休みを取らせた、とブランシュに聞いたのがつい先ほどのことだ。

「ご予定などはありますか？」

「いいえ。――ああ、でも、今、出来ました」

「えっ」

「カティヤ様と共に過ごす、という予定が」

柔らかな声で紡がれる言葉に、カティヤは目を見開く。

……とんでもないことを言われた気がする。いや、気がする、ではない。言われた。

頭の中で先ほど言われた言葉を何度も反芻《はんすう》しながら、カティヤは出来る限り平静を保って笑みを浮かべる。鼓動の速さを誤魔化すように、言葉を続けた。

「なら良かった。実はユスティーナの街を紹介したくて。良かったら、共に出かけませんか？」

「もちろんです。お供させてください」

異論はないようである。

——あったとしても、出さない、という方が表現として適切かもしれないが。

ただとにかく、一緒にお出かけは許された、ということである。カティヤの心が弾むように軽くなるのがわかった。

ルジェクがカティヤを愛する必要はないし、カティヤ自身、ルジェクに愛されることがないというのも理解しているが、推しとは仲良くしたいものである。

朝食後の散策を考えると、笑みが浮かぶ。

ふ、と小さく息を零したカティヤを、ルジェクが少しばかり怪訝《けげん》そうな顔で見ていた。

朝食後、ブランジュに手伝ってもらいながら支度を終えて屋敷の玄関ホールへ向かう。ルジェクは少しだけ遅れてやってきた。

「お待たせしてしまって……」

「全然待っていません。朝とは逆ですね」

微笑みながら返すと、ルジェクも困ったように眉尻を下げながら、けれど同じように微笑んだ。

ルジェクは体の線があらわになるスリムタイプのベストを着用している。胸元には繊細な意匠の施《ほどこ》されたピンが鎮座していた。

「護衛の者が付いてきてくれる手はずになっていますが、一応……何かあった時のために、これをルジェク様に」

言いながら、カティヤはそっと腕輪を差し出す。銀色の装飾が美しい、繊細な作りをしたものだ。

「これは防衛の魔法がかけられているので、もし悪意ある相手が近づいてきたら跳ね飛ばす効果があります」

「そんなものが……。魔法道具はいくつか知っていますが、初めて見ました」

「ユスティーナ領は工芸の街なので」

他の領地ではあまり見られない魔法道具なども、ユスティーナ領では多く見られる。この腕輪も領自慢の一品だった。

胸を張って言ったせいか、ルジェクは少しばかり驚き、それから「勉強不足でした」と穏やかに言葉を続ける。

自ら腕輪を着けるには、右手の革手袋のせいで難しそうなので、カティヤが代わりにルジェクの手首に装着した。ひどく骨の浮いた手首だ。

ルジェクはそもそも、身長が一七五センチ（※公式設定）あるわりに、痩《や》せている。横から見た時など顕著《けんちょ》で、うっつすい……とカティヤは何度も本気で戦慄《せんりつ》した。ゲームをプレイしている時はさほど感じなかったが、現実に見るとこんなに危機感を持つのか。お腹の中に何も詰まっていないのではないかと戦々恐々する程である。出来ればもっと太ってほしい。健康的な体型になってほしい。

カティヤが沈痛な面持ちで、じっと手首を眺めていると、ルジェクが小さく息を零した。

「……手袋については、外すことが出来ません。何卒《なにとぞ》ご容赦《ようしゃ》ください」

「え？」

「じっと手を見られていたので……。手袋を外してしまえば、俺の貧相な『腐り根』があらわになります。そうなった時、俺一人ならばまだしも、カティヤ様まで軽蔑して見られてしまいます。……そもそも隠していることすら、見苦しいかと思いますが、どうか」

「あっ。いや、そういう……そういうのではないです。手袋を外すのも、外さないのも、ルジェク様がお好きになさってくださいね」

じっと眺めていたせいで、勘違いさせてしまったようだ。

カティヤは慌てて首を振り、それから、そっと自身の左手を差し伸べて、ルジェクの手袋に覆われた右手に指先を伸ばす。触れると、ルジェクの手がぴくりと震えた。

「私はルジェク様の意思を尊重します。見せたくないのであれば見せなくて構いません。その、手を見ていたのに何を、と思われるかもしれませんが」

まさか痩せているなあ、なんて思いながら手を見ていた、だなんて言えるはずもない。完全なる侮辱として響くだろう。

ルジェクはカティヤの言葉に瞬いて、それから「いえ」と首を振る。そうしてから、感謝の言葉を述べると共に頭を下げた。

細い手首を、主人公と出会うまでにはもう少しばかり肉付きよくさせたいものである。

そのためにはルジェクの好きなものを見つけ、食べさせる必要があるだろう。

と言っても、公式設定でルジェクが好きなものは『主人公と共に食べたパンケーキ』だの、『主人公に淹れてもらったお茶』などという、主人公と関わりのあるものしかないので、他に見つけ出すのは至難の業かもしれないが。

馬車に乗り、僅かな時間を経て、ユスティーナ領の中心地に到着する。

街に張り巡らされた街道は、この国では珍しく舗装されている。

カティヤの祖父が、ユスティーナ領を爵位と共に買い取ってすぐ、公共事業として行ったのが街路の舗装だ。

様々な地域に赴く祖父は、交通の利便性がそのまま商人の利益に繋《つな》がることを理解していた。

ユスティーナ領は工芸が盛んな土地で、立地も悪いわけではない。

利便性を追求した結果、今、多くの人々が商売を行う際の中継場所としてユスティーナ領を経由している。

様々な人が行き交う土地というのは、様々な商人も訪れる、ということである。中心街は今日も活気に溢れていて、そこかしこで布を張った簡易的な屋台が敷居を広げているのだから祖父の慧眼《けいがん》は素晴らしかったと言える。

「活気が凄いですね」

馬車の窓から、ルジェクがやや感動したような声を上げる。

「ですよね。色んな屋台やお店、工房があるんです。もちろん、許可証のある店しか街に出ていないので、安全面は保証しますよ。色々見て回りましょう！」

ルジェクが先に馬車から降りて、カティヤへ手を差し伸べる。エスコートをしてくれるようだ。

なんだか、こういう風に貴族の女性としての扱いを受けることは、あまりなかったので、少しばかりそわそわしてしまう。しかも相手が推しだからなおさらだ。

礼儀については学んでいるものの、元商人の成り上がりの貴族の娘であるため、デビュタントの際もほとんど誘われることはなかった。披露の機会がなかったので、緊張する。吐息を緊張に震わせて、カティヤはその手に指先を重ねた。

手を取られ、馬車から降りながら、カティヤは視線を動かす。

視察という名目で何度も街には来ているが、それにしたってやはり活気がある。きっとルジェクも楽しんでくれることだろう。

さあ行こうと奮起《ふんき》するカティヤの傍らで、ルジェクは息を詰まらせた。きょろきょろと視線を彷徨《さまよ》わせる。少しばかり困ったような色が、その表情に滲んでいた。

「どうかされましたか？」

「いえ――、……その、やはり、離れた方が良いかもしれません。俺と共に居ると、カティヤ様まで……」

ルジェクが息を零すように言葉を続ける。

不安なのだろう。大勢の人間が居る状況に、尻込みしてしまうような生活を送ってきただろうから、当然とも言える。

紋章痕が貧相なだけで、『腐り根』と蔑称で呼ばれ、侮《あなど》られ、嘲笑《ちょうしょう》され、人としての権利を全て剥奪されてきたのだから。

だからこそ、カティヤはルジェクに向かって笑みを浮かべた。

そうして、そのままルジェクの手に触れる。

瞬間、ひく、と指先が痙攣《けいれん》するように動く。緊張か、不安のせいか。それとも両方なのかもしれない。

「大丈夫です。ここでは、ルジェク様は私の夫で、大切な人ですから。そんな人に酷い言葉や、無礼なことを言う相手が居たら、私が許しません！　それに——」

　カティヤはルジェクの手をそっと握る。そうして、軽く見せつけるようにして胸の辺りまで持ち上げた。

「大丈夫、私がついています！　絶対に離れませんし、手だって、もう離しません」

　ルジェクの口元が僅かにひくつく。躊躇《ためら》いを置いて、ルジェクはゆっくりと「……それは」と囁いた。視線が揺れる。瞳が潤《うる》み、なんだか泣きそうにも見えた。

けれどその表情には、柔らかな笑顔が貼り付いている。カティヤは大きく頷いた。

「何があっても離れない、ユスティーナ領の領主の一人娘が傍にいる！　——なんて思ったら、少しは楽になりませんか？」

　カティヤが笑顔で言葉を続ける。

「——いいえ、だいぶ、楽になりました」

　ルジェクは小さく、そう続ける。

「お恥ずかしいところばかり、お見せしていますね」

「そんなことはないですよ。私だって雷が苦手だったりするので、その時はすぐに来ます」

「雷が？」

「そう。大きな音が近くで響くと、凄く……凄く怖くなりませんか？　なので、雷雨の日は私が恥ずかしいところを見せると思いますが、寛大な心で受け入れてください」

神妙に言葉を続けると、ルジェクは呆けたような顔をして、それから穏やかに微笑んだ。

混雑の中、カティヤはルジェクと共に様々な店を回った。領地視察の名目もあるので、店長に最近の話を聞くことも忘れない。

そうしていると、カティヤはもちろん、カティヤの傍らに立つルジェクに気付く人々も現れる。

「これはお嬢様！　いらっしゃいませ！　おや、もしかして隣の方が……？」

「ええ、そうよ。ルジェク様と言うの。どうぞよろしくね」

「これはこれは……、お幸せになってください。ささやかですが新作のお菓子を贈り物にどうぞ！」

カティヤの結婚は既に領内では話題になっているようで、二人に気づくと慌てたように祝いの言葉を伝える人や、贈り物を渡してくる人もいた。

ルジェクが『腐り根』である、ということは貴族の間、およびレーヴェンハイト領では有名だが、そこから遠く離れたユスティーナ領の平民にまでは、その情報が行き届いていないようだ。

それもあってか、ルジェクが侮蔑の目にさらされることはなかった。

そもそも、カティヤと手を繋いでいる上に、ルジェクは繋いだ右手に手袋をしている。二重に隠された紋章痕は、興味をそそられたとして、見えるはずもない。手繋ぎは得策だったと言えるだろう。

歩いている内に、領民からの贈り物で二人の、もう片方の手が塞《ふさ》がってくる。流石にこれ以上は持ち歩けない——といったところで、カティヤはルジェクの名前を呼んだ。

「ルジェク様。良かったら少し休憩しませんか？」

「休憩ですか？」

領民からの贈り物を半分以上持ってくれているルジェクが、首を傾げる。カティヤは頷いた。

「タウンハウスがあるので、そこで……荷物を置くくらいなら、問題ない場所ですから」

中心街には、一応小さい邸宅を持っている。泊まりには適していないが、そこで休憩し、贈られた菓子などを僅かに消費するくらいのことは出来るはずだ。

カティヤの言葉に、ルジェクは頷いた。

別邸には程なく到着した。

そのまま庭園に向かい、椅子にカティヤとルジェクは腰を下ろした。すぐに使用人によりお茶の用意がされ、渡されたクッキーなどのお菓子がテーブルの上に広げられた。

カティヤはそのうちの中から、好きなクッキーを一つ手に取り、そのまま口に運ぶ。

ユスティーナ領で人気のお菓子や料理、それに流行り物。それらをカティヤは領地視察の度に自分でも一つは試すようにしている。そうすることで、領民の目線に立つことが出来るし、何より店主や客である領民との会話の機会が生まれる。

良き統治者として在るために、カティヤは一日たりとも努力を欠かしたことはない。

「うーん、美味《おい》しい。ルジェク様は甘い物、好まれますか？」

「食べ物の好き嫌いは、あまりないんです。ですが、カティヤ様のお気に入りなら、食べてみたいと思います」

「なら、良かったら。お嫌でなければ、ですが！」

そっとクッキーを手に持ち、そのままルジェクの口元に近づける。

ルジェクは僅かに躊躇い、けれどすぐに控えめに口を開いた。

そっと舌が伸びて、クッキーを唇が柔らかく食《は》む。すぐに、それはルジェクの口の中へ消えた。

「……どうでしょうか？」

「美味しい、と思います。カティヤ様はこのような味がお好きなのですね」

「大好きです！」

カティヤが頷いて返すと、ルジェクが穏やかに笑みを浮かべた。

「ユスティーナ領のことを、今日一日で、とてもよく学べたように思います」

ルジェクは言葉を続ける。

「領民が……カティヤ様のことを大切に想われている様子が、存分に伝わってきました。カティヤ様、と呼ぶ声を今日だけで何度聞いたことでしょう。レーヴェンハイト領では、このような領民からの呼びかけを聞くことなど、ありませんでした」

「……その、ええと、嫌……でしたか？」

慌ててカティヤは言葉を続ける。

カティヤとしては日常だが、ルジェクからしたら、そうではなかったかもしれない。

特にルジェクは由緒正しい貴族の長子である。民衆に交じり、民衆と同じように過ごすカティヤの姿は、とてつもない異常者として映った可能性が高い。

これは、寝取られとかそういう話の前に嫌われて離縁される可能性が――！

「いえ、そんなことはありません。――ただ、このように領民から大切にされている方が俺の妻となったことを、今一度きちんと考えなければならないと思ったのです」

「そ、それは……その……？」

「誤解せずに受け取って頂きたいのですが、貴女の傍に立つ存在として、恥じぬような者になりたいと」

カティヤは思わず目を瞬かせて、それから小さく首を振った。笑いながら、ルジェクの手に指先を寄せる。

「……貴方《あなた》は私と領民の関係性を、優しく受け入れてくださいました。そんなルジェク様を、誰が恥じるというのでしょう」

指先でルジェクの手を握り締め、そうしてからカティヤは手を離す。

ちょうど、使用人がお茶のおかわりを注いだので、それを有り難く飲んでから、カティヤはルジェクに対して笑みを浮かべた。

「ルジェク様。ありがとうございます。ここに来てくださって、私と縁を結んでくださったこと、感謝しきれません」

「……それは……」

ルジェクは言葉を詰まらせる。何かを言おうとして迷うような間を置き、すぐに首を振った。

微笑みながら、「それは、俺の言うべき言葉でしょう」と囁く。

お互いに視線を交わし、そっと笑みを交わしてから——カティヤは「そうだ！」と慌てたように言葉を続けた。

「ルジェク様、沢山食べてくださいね」

「——はい、ありがとうございます。頂きますね」

「はい。前々からルジェク様は食が細い気がして……！　沢山食べてください！　沢山！」

カティヤが言葉を重ねると、ルジェクは呆けたような顔をして、それから小さく笑った。

普段の貼り付けたような笑みに、僅かに滲む何かがあったことに、カティヤは慌てていたので、気付かなかった。

第2章 推しの好きなところ

ルジェクが婿《むこ》入りして、二ヶ月が経った。

カティヤとルジェクの関係は今のところ良好の一途《いっと》を辿《たど》っており、このまま行けば友人と言っても差し支えなくなるだろう。

推しの友人、なんて良い響《ひび》きなのだろうか。カティヤは心の中で言葉の輪郭《りんかく》を辿るように何度も繰り返し、その度に頬を緩《ゆる》ませる。

これから先も、ルジェクと良い関係を築いていきたいものだ、なんて思いながら屋敷の玄関ホールを歩いていた時のことである。

「カティヤ」

聞き慣れた声に呼ばれ、足を止める。

時刻は昼過ぎで、窓から差し込む光が柔らかく絨毯《じゅうたん》を照らしている。ゆっくりと振り向くと、父の姿が目に入った。

父はちょうど階段を降りてくるところで、どこかへ出かけるのか、正装《せいそう》をしている。今年四十になるが、貴族として、そして商人として、様々な場所に出かける父は逞《たくま》しい体つきをしている。短髪に、はっきりとした顔立ちは、おおよそ老いというものを感じさせない。

　カティヤと視線が合うや否や、父は笑みを浮かべる。

「お父様。どこかへお出かけになられるのですか？」

「うん、商談のために——少しね。だから今日、私は居ないことを伝えておこうと思ってね」

「ああ……、わかりました。父上がいない間は、私がユスティーナ領を守ります。お早めのご帰還をお待ちしております」

　形式に則った言葉を口にして、カティヤは軽く頭を下げる。

　カーテシーの動作は、祖父から何度もたたき込まれたものだ。

　ユスティーナ家は貴族としての歴史が浅い。一つの行動で、他の貴族に侮《あなど》られることに繋《つな》がる。

　だからこそ、礼儀作法は、何度も何度も教え込まれた。それが様になっているかどうかはカティヤ自身、あまり自信はないのだが。

　父は、カティヤの様子をじっと見て、それから再び穏やかに笑みを浮かべる。頼むよ、という声と共に、皮膚の厚い手の平が、カティヤの肩を撫《な》でた。

「……ルジェク様とはどうかな？」

「ルジェク様ですか？」

「うん、そう。——あまり、懇意《こんい》にはしていないようだと……」

「えっ」

カティヤは僅《わず》かに戦《おのの》く。そうしてすぐ、父の言いたいことを察する。

つまり、夜の営みの気配がないようだけど大丈夫？　と言いたいのだろう。

確かに、未だカティヤ達の寝室は別々だ。

遠回しとはいえ、そんなことを聞かれるとは一切思っていなかったカティヤは、動揺した気持ちを抑えるように呼吸を繰り返す。

カティヤの家に婿入りしてきたルジェク。

彼の実家でもある、レーヴェンハイト伯爵家《はくしゃくけ》との繋がりを強固にするためにも、早々に子どもを授《さず》かってほしい、というのが恐らくは父の本意だ。

カティヤが「ルジェクと結婚をしたい、今すぐしたい」とお願いした時、両親は少しばかり苦い顔を見せた。カティヤが『豊穣《ほうじょう》の根』の持ち主であるから、なおさらだったのだろう。『腐《くさ》り根《ね》』として知られているルジェクを家門に加えることになるからだ。もちろん、レーヴェンハイト家との関わりを持てるというのは、商人から成り上がったユスティーナ子爵家《ししゃくけ》からすると、諸手《もろて》を挙げて喜ぶべきことである。だがカティヤなら、もっと条件の良い貴族との婚姻だって望んでも問題はない、と両親は思っていたのかも知れない。

実際、貴族らしい考えを持つ母親からは、「『腐り根』を家門《かもん》に入れることは……」と渋られていた。

結局カティヤが必死にお願いをしたところ、両親は折れてくれた。

二人はカティヤのことを、婚姻を結ぶ前も今も、ずっと気にしてくれている。もちろん、それには成り上がりの貴族としての打算も含まれているかもしれないが。

（そう言われてもなあ……）

カティヤは小さく息を零す。

ルジェクとの子を授かったとしても、最終的に別れる未来の方が可能性は高いだろう。

しかも一年以内に。今から作ったとしても別れる時、子どもは生まれたばかり。そんな幼い内に父を失うのは、子どもがかわいそうだ。

もちろん、推しは好きだし、推しと仲良くなりたい、という気持ちはある。

だが、それらが必ずしも性的な関係に結びつくかといったら、カティヤは首を振る。

ルジェクの隣《となり》には、主人公という存在が不可欠だ。カティヤの居場所はそこにはない。

だが、それはそれとして、カティヤの父親が不安な気持ちを抱くことも、少し気が急いてしまうことも強くわかる。

どう答えるべきかと悩んでいると、父親が早合点《はやがてん》したのか、眉をそっと潜《ひそ》めた。

「やはり、紋章痕《もんしょうこん》が気になるのかな？　ルジェク様の紋章痕は……その、酷いと聞く。婚姻してもなお、右手をずっと隠しているのは、そういうことなのだろう。もしお前が気になるようなら、他に……」

「――お父様。それは全く、本当に！　見当違いだと言わせてください」

　そろ、と吐き出された言葉に、カティヤはすぐさま否定する。

　なんてことを言うのだろう。この言葉をルジェクがどこかで聞いていたらと思うと、どうしようもなく焦ってしまう。

　そもそも「他に……」というのだって、何を言うつもりだったのか。続く言葉が恐らくはカティヤにはあり得ない内容であることだけは想像出来たので、カティヤは今一度、父の顔を睨み付けた。

「私、紋章痕はどうでもいいです。形が貧相だとか、綺麗だとかで優劣をつけるのも、全く興味がないです！」

「そ、そう。カティヤは変わっているね」

「なので、それは問題ではなく――、それに、私とルジェク様は最近外に出かけたりもしますし、朝ご飯だって一緒に食べています！　お父様のご懸念もご尤《もっと》もですが、とにかく今は、優しく！　見守っていてください」

　詰め寄るように言葉を続けると、カティヤの父は僅かに瞠目《どうもく》し、それから小さく息を零《こぼ》すようにして笑った。

「――わかったよ。カティヤがどれほど、ルジェク様のことを大事に思っているか、もね」

「ありがとうございます」

　カティヤは頷《うなず》いて返す。

大事に思っているのは、本当に心の底からその通りだったので、さらに笑みを浮かべた。

「ルジェク様は良い人です、凄《すご》く。私にはもったいないくらいで」

「娘の惚気《のろけ》を聞くことになろうとはね。それじゃあ、時間もあるし、私は失礼するよ」

「はい。行ってらっしゃいませ」

言いながら、カティヤは頭を下げる。

父親が数人の使用人を連れて出て行くのを眺めてから、ほっとため息を零した。

遠くの方に雨雲が見えた。

今は晴れているが、恐らく夕暮れになったら雨が降るかもしれない——なんて思いながら、カティヤは自室へと足を運んだ。


カティヤの予感は的中し、時間が進むにつれ、窓から差し込む陽光に元気がなくなっていくのがわかった。

夕飯を食べ終え、自室に戻った頃には雨は土砂降りのそれに変わり、カティヤは不安な思いで外を見つめる。つい先ほど、ブランシュを下がらせたが、こうなるならもう少し居てもらえば良かった。心細さがじんわりと心を侵食していく。

窓からそっと遠くを窺うと、小さな光の線が、空から地面へ勢い良く落ちるところが見えた。

「か、雷……！」

大雨だから、鳴るだろうとは思っていたけれど。

カティヤは雷が苦手だ。そもそも前世から苦手で、それを今世にも引き継いでしまった形である。

ユグこん、つまりはこの世界において、雷は恵みをもたらすとされている。

雷が鳴っている時に子どもを産むと、紋章痕が豊穣の根になる、と言われていることから、雷は大衆に歓迎されているようだった。

だが、怖いものは怖いし、なんならまだ距離のある今も微妙にドキドキとしてしまう胸を押さえ、カティヤはゆっくりとため息を零した。

子どもの頃であれば、父や母の懐に忍び込んで雷を耐えることが出来たが、今はそうではない。

父は外出中だし、母は既に眠りについているだろう。ブランシュも下がらせた際に、この後実家の様子を見に行くと言っていた。

そもそも、婚姻が出来る年になっているというのに、雷で怯《おび》えている姿を両親に見せるわけにもいかない。

数時間やり過ごせば、雷も雨もどこかへ行くはずだ。次第に近づいてきている気がする雷を必死に思考の端へ追い出していると、不意にノックの音が耳朶《じだ》を打った。

「お休みのところ、すみません。カティヤ様、起きていらっしゃいますか？」

柔らかく、穏やかな声音はルジェクのものである。

カティヤはベッドから抜け出して、そろそろと扉の方へ近づく。ノブに指先を添え、扉を押し開いた。

「ルジェク様……？」

柔らかそうな寝間着《ねまき》を着用したルジェクはカティヤが恐る恐る顔を出すのを見て、微笑《ほほえ》んでみせる。そうしてから、「……起きていらっしゃったんですね」と囁《ささや》くように続けた。

「ど、どうかされましたか？」

こんな時間に彼がカティヤの部屋を訪れるのは初めてだ。何かあったのだろうか、と問いかけると、ルジェクは首を振る。

「いえ。……寝る前に、お顔を見たくなりまして……無礼でしたね。お許しください」

「そ、そんな、無礼とか、そんなことない――」

です、と続けようとした瞬間、窓の外が強く光り、数秒置いてから大きな音が鳴り響いた。

「――っ！」

カティヤはびくりと肩を震わせる。

光の速さと音の速さは違う。光が見えてから、音が鳴り響くまでの秒数を数えることで、おおよそどのあたりに雷が落ちたかを計算することが出来るはずだ。さっきは三秒、音の速度がおおよそ一秒三百四十メートルと言われているから、約一キロ圏内に雷が落ちたということである。

頭の中で即座に距離の計算をし、その事実にカティヤは絶望する。一キロ！　一キロって！　もの凄く近い！

雷がどうして苦手かと問われると、カティヤは答えに窮《きゅう》するだろう。ただ、とにかく苦手なのだ。誰にでもある、理由はないけれど苦手なもの、それがカティヤにとって雷だっただけである。

カティヤがドアノブを握り締めるのを見てか、ルジェクが目を丸くした。

そうして、そっとカティヤの肩に触れてくる。優しい手つきだった。大事なものをゆっくりと撫でるような、そんな速度でルジェクはカティヤの肩を撫でる。

「……お顔を見たら、もう少しだけ傍《そば》に居たいと思ってしまいました。許して頂けますか？」

それはきっと甘い誘い、ではない。恐らく顔が見たいというのも方便だろう。

ルジェクと前に出かけた際に、カティヤは雷が苦手だということを漏らしていた。

その時に恥ずかしい姿を見せるだろうから、寛大《かんだい》な心で受け入れてほしい、とも。

ルジェクは恐らく、カティヤが雷に怖がっていることを察して、訪れてくれたのだろう。今までは遠慮して、一度も訪れたことのないカティヤの部屋に。

胸の奥がぎゅうっと握り締められるような、そんな心地を覚える。

優しい人なのだ。それはゲーム内でも明かされていたことである。

穏やかで優しくて、それなのに、何もかもを諦《あきら》めたような雰囲気《ふんいき》のある人。ルジェクはゲーム内でそうやって描写されていた。

実際、カティヤの目の前にいるルジェクも、その姿と全く違いはない。

ルジェクルートは、ルジェクが主人公との関わりを通して、『人生を生き直す』ことを根底の部分に置いている。

紋章痕が故に諦めていた未来を、主人公と共にたぐり寄せ、生きていく決意をする、というのがおおまかな内容だ。そのストーリーが、カティヤは前世でたまらなく好きだった。

(——幸せになってほしいな)

そう強く思う。カティヤのことをなんとも思っていないだろうし、愛してもないであろうに、それでもこうして来てくれた。

「……私も、ルジェク様と、一緒に過ごしたいと思っていたんです。良かったら、中に」

「ありがとうございます」

ルジェクは微笑む。いつもの完璧な笑みだ。そっと扉を押し開けて、カティヤはルジェクを中に招いた。

流石《さすが》にベッドで横になるわけにもいかないので、室内に灯りをともし、ベッドから少し離れた場所にあるソファーで二人はくつろぐことになった。

お菓子の類いはないが、お茶くらいなら魔法ですぐに用意が出来る。

部屋でよく紅茶を淹《い》れて飲むことがあるのと、ブランシュを下がらせた後も、ふと飲みたくなった時に飲めるように、とティーセットは必ず置いているのだ。

棚からポットを取り出し、カティヤは自身の紋章痕に魔力を通す。

魔力を通した紋章痕は僅かに光り、それから魔法を使用する。お湯を沸かし紅茶を淹れた。雷の音にいちいち体をびくつかせてしまったので、そこまでスマートに淹れる、ということは出来なかったが。

「どうぞ」

「ありがとうございます」

カティヤはソファーに腰を下ろす。

ところがルジェクは、カティヤの向かいに腰を下ろすかと思いきや、カティヤの隣に腰を据えた。

そうしてから、不意に指先を動かす。

恐らく紋章痕に魔力を通したのだろう。革手袋によって、光は遮《さえぎ》られ、見えなかったが、次の瞬間、カティヤの目の前に少しばかり大きな本が現れた。

カティヤは思わず息を呑む。そうしてから、ルジェクの方をじっと見つめた。

「凄い。空間収納魔法が使えるんですか？」

「はい。レーヴェンハイト伯爵家の長子たるもの、様々な魔法を使えるべきだという教えがあったんです」

ルジェクは事もなげに言うが、実際、空間収納魔法というのは修得が難しい魔法だ。

基本的に魔法には五大元素というものが存在し、それらを極める形で修練《しゅうれん》していくのだが、空間収納魔法は五大元素から少し離れた、特別な魔法と言える。

カティヤも一度修練してみたが、もの凄く根気と魔力を持っていく魔法のくせして、全然収納量がないので、修練を途中でやめた。

「凄いですね。私も昔やったんですが、これくらいの大きさの空間しか作れなくて！」

カティヤは手の平を合わせて小さな丸を作ってみせる。ルジェクが微笑んで、「練習さえすれば、カティヤ様にも大きな空間が作れるようになりますよ」と囁いた。

「お茶を頂く間、お礼……と言ってはなんですが、良ければ本を読みましょうか」

「本？　ですか？」

「はい。レーヴェンハイト領に伝わるおとぎ話のようなものです。もしかしたら、ユスティーナ領にも伝わっているかもしれませんが……」

推しの声で紡《つむ》がれるおとぎ話。聞きたいか、聞きたくないか。答えは決まっている、是が非でも聞きたい。

カティヤは「是非！」と体を乗り出して頷く。ルジェクが目を細め、「それでは、読ませて頂きますね」とゆっくりとページを捲る。

ルジェクが話し出したおとぎ話は、レーヴェンハイト領が舞台の、和やかなものだった。

穏やかな語り口は、優しくカティヤの耳朶を打つ。

ふと、カティヤは話を聞きながら、雷の音が遠くなっていることに気付いた。

窓の外へちらりと視線を向けてみるが、依然《いぜん》として稲光《いなびかり》が走るのが見える。遠くへ行ったのかもと考えて、すぐにカティヤは首を振った。

恐らく、魔法で防音のようなことをしているのだろう。——もちろん、ルジェクが、である。

確かにゲーム内でも、ルジェクは基本何でも出来るキャラクターとして存在したが、それにしたって凄すぎる。超絶《ちょうぜつ》技巧《ぎこう》と言っても問題はないだろう。

(流石、推し……！)

思わず心中でルジェクを讃えながら、カティヤはルジェクの声に耳を澄ませる。ルジェクは一つのおとぎ話を読み切って、それからぱたりと本を閉じた。

「おしまい、です」

「えっ。ひ、一つだけ、ですか？」

本は恐らくは短編集なのだろう。ルジェクが読んだ部分は序盤も序盤で、ページはまだまだ残りがある。恐らく十編ほどは収録されているのではないだろうか。

ルジェクの声をもっと聞いていたい。思わず零れた言葉に、カティヤは慌てて口を噤《つぐ》んだ。まるでこらえ性のない子どもである。

いけない。カティヤはすでに十八、もうデビュタントも済ませた年であるというのに。

推しを目の前にして、ずっと心が浮き立っているせいか、子どもじみた言動をしてしまった。顔が赤くなる。恥ずかしさから頬へ手を当てていると、ルジェクが僅かに微笑んだ。

「ええ、一つだけ。本当は全部読んでさしあげたいところですが、そうしてしまうと、次にカティヤ様の部屋を訪れるための理由が、なくなってしまいますから。どうか許してくださいね」

残りのお話はまた次の機会に、と言いながらルジェクが指を軽く振るう。瞬間、手の中にあった本がパッとかき消えてしまった。

少しばかり残念だが、まさか許さないなんて言えない。それに、とカティヤは首を振る。

先ほど言われた言葉が、まるで熱を持ったように、カティヤの心を温かくする。

カティヤ様の部屋を、訪れるための、理由。ルジェクはそう言った、つまり。

カティヤは小さく息を零して、それからルジェクを見つめた。淡い水色の瞳と、視線が交わる。

「……また、来てくださるのですか？」

「――はい。カティヤ様が、許してくださるのであれば」

ルジェクがそっと囁く。笑みを浮かべ、そうしてカティヤの髪をそろ、と指先が撫でて、すぐに離れた。

「雷も遠くへ行ったようです。カティヤ様、今日はゆっくりとお休みになってくださいね」

「……ありがとうございます、その、本当に……色々」

ルジェクは微笑む。そうして、軽く目線だけを下げて、首を振った。

「いえ。俺が、カティヤ様のお顔を見たくて、来ただけですから。良い夢を。ユグドラシルの加護がありますように」

囁くように言葉を続け、そうしてルジェクはソファーを立った。それから音を立てないようにゆっくりと歩き、カティヤの部屋から出て行く。

その背中を見送り、カティヤはベッドの上に体を埋めた。

「……推し……」

推し!!

心の中で強く絶叫する。

そういう——そういうとこ！　そういうところが！　駄目！　駄目じゃないけど！

早く主人公と仲良くなって本来の意味で笑顔を浮かべているところを眺めたいものである。

カティヤはシーツをたぐり寄せて、ゆっくりと目を瞑る。

先ほど優しくカティヤに触れてきたルジェクの手の熱が、まだ髪にじんわりと残っているようで、少しだけ、眠るまでに時間がかかった。

雷の鳴る夜をルジェクと共に過ごしてから少し経った頃、カティヤの元に一通の招待状が届いた。

差出人は王家とあり、要約すると、「近々第二王子の誕生パーティーが行われるので、それに出席せよ」と書かれている。

ユグドラシルでは王族の誕生日は毎年誕生パーティーを開いて盛大に祝われるのが常である。

第二王子はユグこんでも攻略対象として登場するのだが、——今は、それは置いておく。

もうそんな時期なんだなあ、なんてぼんやりと思いつつ、カティヤは朝の支度を進める。

今日の朝食は、外で摂《と》ろうと昨日からルジェクと話していたのだ。早く行かなければ、行動の早いルジェクを待たせてしまう。

ブランシュによる着付けを終えて、カティヤは庭園に飛び出す。

ルジェクが来たばかりの頃はまだ艶《つや》やかな姿を見せていなかった花や木が、少しずつ蕾《つぼみ》を綻《ほころ》ばせているのが見えた。もう少しすれば、満開となるだろう。

ガゼボの方へ向かうと、やはり先んじてルジェクがいた。

カティヤに気付いてそっと立ち上がり、笑みを浮かべて見せる。貴族として許されるであろう出来る限りの早足で向かい、カティヤも笑みを浮かべた。

「ルジェク様。おはようございます！」

「おはようございます、カティヤ様。今日もお元気そうで何よりです」

ルジェクがカティヤのためにか、椅子を引く。カティヤは謝罪と感謝を零しながら椅子に腰を据えた。

程なくして、料理がテーブルの上に並べられていく。それを眺めながら、カティヤは「そういえば」とルジェクへ視線を向けた。

「第二王子の誕生日に開催されるパーティーの招待状が来ましたね」

「——はい。もうそんな時期なのか、と……。カティヤ様の元へ来てから、日々がまるで矢のように過ぎていきます」

　ルジェクはそっと微笑むように言葉を続ける。そうして、「参加されるのですか？」と、軽く小首を傾げた。

　カティヤ自身、正直、パーティーはあまり好きではない。

　とにかく失態を演じないように必死になるため、常に胃がきりきりする。なので、出来る限り参加はしたくないのだが、カティヤの父母は別である。

　カティヤの父は商人として働いていることもあり、伝手《つて》が出来るパーティーを喜ぶし、母はそもそも男爵家《だんしゃくけ》から嫁いできたので、こういったパーティーなどは好んでいるようだ。

　必然、両親が参加するのにカティヤだけ参加しない、ということは許されず、毎年のようにカティヤも足を運んでいる。

「そうですね。参加すると思います。父母が参加するのに、私が断ることは出来ませんから」

「そうですか……」

　ルジェクは言葉を詰まらせる。次に、唇から零す言葉を探すように視線が僅かにうろつく。

――もしかしたら、ルジェクは参加したくないのかもしれない。

　そう考えて、カティヤは小さくはっとする。

　いや、もしかしたら、どころではないだろう。確実に参加したくはないはずだ。

　社交界のような人の大勢集まる場所に出た時、真っ先に見定められるのが、指の紋章痕である。

カティヤの紋章痕は、父と母の紋章痕の良いとこ取りをしたような美しい形をしている。

花の蕾のような紋章は、豊穣の根——とまでは言わないが、綺麗な形をしていることもあり、父母はカティヤの紋章痕を褒めちぎることが多い。ゲーム内のカティヤも、それを鼻にかけているような描写があった。

紋章痕の美しさは、この世界において何よりも重要なことだ。

ゲーム中でもカティヤはルジェクと婚姻を結んでいたが、ルジェクと婚姻を結ばなかった場合であっても、カティヤの嫁ぎ先にはそこまで困ることなどなかっただろう。商人出の貴族、というところにだけ目を瞑れば、という話ではあるが。

だが、ルジェクはそうではない。ルジェクが貧相な根、つまり腐り根であるということは貴族の間では周知の事実だ。

だからこそ、眉目秀麗《びもくしゅうれい》で、なおかつ魔法の技巧も高い、伯爵家の長男という存在にもかかわらず、二十を越えても妻になろうとする貴族子女は出てこなかった。

実際、ルジェクの紋章痕の形はゲーム中でも明かされない。ルジェクルートでも、最初から最後までずっと、ルジェクは手袋を身に着けたままだ。

ルジェクにとって、紋章痕を見せることは、たとえ愛している主人公を相手にしたとしても、難しいのだ。

それのせいで蔑まれ続けてきたからこそ、紋章痕を見せた時にどうなるか——という不安が強いのだろう。

そんなルジェクが、紋章痕を価値の唯一とする社交界に赴《おもむ》く、というのは、ほとんど拷問のようなものだろう。

カティヤはじっとルジェクを見つめる。そうしてから、首を振った。

「……当日、熱が出ることにしましょうか？」

「え？」

きょとん、といった様子でルジェクが声を出す。カティヤは腕を組み、うんうんと頷く。

「そう、当日、偶然にも、私とルジェク様は熱が出てしまうんです。もしかしたらたちの悪い病かもしれません、そんな状態でまさか外に出るわけにはいきませんから！」

「……」

唐突なカティヤの言葉に、ルジェクは僅かに目を瞬いた。そしてふいに、息を零すように笑う。

「──それは、素敵な提案ですね。本当に、拒みがたい誘惑です」

「そうしましょう。一緒に部屋で……そうだ、レーヴェンハイト領に伝わる物語、また教えて頂けませんか？」

父母には申し訳ないが、カティヤとしては推しの精神的健康が一番である。

物事には優先順位というものがあるのだ。毎年来る第二王子、第一王子の誕生パーティーより、今年一年をかけて、推しが健やかに育つのを見守ることが重要である。

ふんふんと少しばかり興奮するカティヤに、ルジェクは首を振った。

そうして、「――ありがとうございます」と囁くように続ける。

「俺のことを……、心配してくださって。ですが、大丈夫です。王族からの誘いを断ることは難しいでしょう。嘘《うそ》をつき、それが露見した際のことも考えなければなりません」

「ルジェク様……でも……」

「大丈夫です。レーヴェンハイトに居た時も、毎年参加していました。カティヤ様のことも、何度かお見かけしていたんですよ」

カティヤは僅かに顎《あご》を引く。

気付かなかった。婚姻相手を探すまでに、ルジェクの所在を必死に探してはいたものの見つからなかったのだ。まるでゲームの強制力が働いているようにも思えてぞっとしたことを覚えている。

考えて見れば、ルジェクは伯爵家なのだから国の行事には必ず参加する必要があったはずだ。その時に真剣に探せば、もっと早くルジェクと交友を深めることが出来ただろう。

「気付きませんでした……」

「……それも当然かもしれません。出来る限り目立たないように努めていましたから」

「それは……」

「口を閉ざし、気配を消して……。もちろん、腐り根を皆様のお目にかけることはないように手袋はめたままです。……なので、今回もそのようにします。だから心配なさらないでくださいね」

ルジェクは笑う。いつもの、貼り付けたような笑い方だった。

傷つけられることに慣れていて、自身が酷い扱いを受けることを当然のように受け入れている。

カティヤが黙ると、ルジェクは首を傾げた。

「ですが、もちろんお近くに居ます。なので、困った時などはいつでも頼ってください」

カティヤの沈黙を、不安として捉《とら》えたらしい。ルジェクは優しく、穏やかに言葉を続ける。

カティヤはルジェクの言葉に息を呑《の》んだ。そうして、首を振る。

そうではない。不安になったのではない。

ただ、そう。

「……ルジェク様は、すっごくお優しくて、すっごく格好良い方で、黙っていても体から輝きがほとばしっているんですよ」

「輝、……ええと？」

「それなのに、私は……！　見つけることが出来ずにいて……！　もっと早く、私がルジェク様を見つけられていれば……！」

それこそ、王子の誕生パーティーで見つけさえ出来たら、すぐにでも婚姻を申し込んでいたというのに。

カティヤは悔しさを心中に滲《にじ》ませながら、ルジェクを見つめる。

「そうしたら、もっと早くルジェク様と一緒に居られたのに、って思ってしまいます。見つけられなくてごめんなさい。でも、これからは私が――」

　ルジェクが、自身の光となる、主人公に出会うまでは。

「ルジェク様のお傍に、ずっと居ます。ルジェク様は、私が守ります！」

「……。……カティヤ様は、……」

　ルジェクは息を詰まらせて、そうしてから不意に笑みを浮かべた。

　空色の虹彩《こうさい》が潤《うる》む。沢山の感情がその瞳を揺らし、けれどすぐに散るように消えていくのがわかった。

　ルジェクは細く息を零す。そうすることで、心の中をぐるぐると巡る熱を吐き出しているかのようにも見えた。

「それは、俺が言うべき言葉では？」

「えっ。あ、そ、そうかもしれません。お恥ずかしいです」

「いえ。――いいえ。少し、意地悪なことを言いました。ありがとうございます、カティヤ様」

　言葉を続け、ルジェクは笑みを浮かべる。そうしてから、僅かに視線を揺らし、言葉を続けた。

「……第二王子へ、当日に贈るものはもうご用意をされているんですか？」

「三つには絞っています。既に品は取り寄せていて、全て渡しても良いかと思うんですが、あまり数が多いのも、という話になっていて」

「良かったら、選ぶのを手伝わせて頂けませんか？　多少心得があります」

ルジェクが微笑む。高位貴族のルジェクが手伝ってくれるのであれば、百人力だろう。お願いします、とカティヤは頭を下げた。

そうして数日が経ち、第二王子の誕生日。

カティヤは、今日のために用意した、ハイウェストのワンピースドレスを着ることにした。

薄い絹を何枚も重ねて作られたドレスで、袖はパゴダスリーブの形をしている。手首に向かってゆるやかに広がるそれは、偏光性《へんこうせい》のある生地を使用している。見ようによっては色合いが様々に変わり、目を楽しませる。

胸の下あたりに大きめのリボンが結ばれていて、こちらはカティヤたっての希望でルジェクの目と同じ空色の生地を用意した。服装によって、気づかれないように推しを推す――というのは、前世で何度もしていたことである。

ネックレスを彩る宝石は、小ぶりながらも、どれも品よく収まっている。カティヤの紋章痕が花のような形をしていることから、満開の花をモチーフとして作られたネックレスだ。

化粧もいつもより念入りにするようブランシュにお願いをして、カティヤなりに、ルジェクの隣に並び立てる良い女、という感じに出来上がったと自負している。ブランシュ自身も納得のいく装いになったらしく、「帰ってきたらお土産話の一つ二つ、三つほどは教えてくださいね」と気持ち良く送り出された。

　推しの隣に立つのだから、と気合いを入れて挑んだのだが——ルジェクの装いはカティヤの想像のさらに上を行っていた。

　スリムタイプのベストというのは普段と変わらないが、裾の部分にクラシカルな意匠《いしょう》が刺繍《ししゅう》されており、それがルジェクの上品な美しさを引き立たせている。

　男性は、女性のようにネックレスなどで飾り付けをすることはないが、その分、良い生地を使って仕立てられた衣類は、まるで光を照り返すように輝いていた。ルジェクの体を寸法して作られたものであるからか、恐ろしく似合っている。ラペルピンは典礼用《てんれいよう》に作成されたものなのか、ユグドラシルの木がモチーフの、美しい形をしていた。

　馬車に乗り込む前に、ルジェクと顔を合わせた瞬間、カティヤは若干、推しの尊さに泣きそうになった。

　こんな、こんな、推しの新規絵、見ても良いのだろうか。お金を払わずに……!?　そんなことが許されるのだろうか。

　心の中で何度も何度もルジェクのことを褒めそやしながら、けれど、カティヤは「似合っています！」と言うだけに留めた。

　ルジェクはカティヤの勢いに驚いた様子を見せたが、相好を崩し、照れたように感謝を口にした。

誕生パーティーを開催してくれた第二王子へ心の奥底から感謝を捧げながら、馬車に乗り、王宮に足を踏み入れた。

――のが、少し前のことである。

絢爛豪華という言葉が、これほどまでに似合う場所は、ユグドラシル中を探してもここしかないだろう。丁寧に磨かれた床面が鏡面のように反射し、遠くの天井には魔法によって星々が散りばめられている。

立食用の小さなテーブルが規則的に並ぶ中、ワイングラスを手に談笑《だんしょう》する人々の姿を眺めながら、カティヤは周囲をはしたなくない速度で見回し、はやる鼓動を必死で抑え込んだ。

はぐれてしまった。ルジェクと。

まさかの――本当にまさか、である。

あれだけ一緒に居ると豪語《ごうご》していたのに、守るとすら言ったのに！

自分の迂闊《うかつ》さにカティヤは本気で自身を横っ面から殴りたい気持ちを抱いた。

そうしてから、どこではぐれてしまったのかを思い出すために、会場へ来た時のことを思い出す。

――カティヤは、ルジェクにエスコートされながら会場へ足を踏み入れた。

カティヤ達の結婚は貴族の間でも話題になっていたらしく、誕生パーティーという華々しい場に似つかわしくない、不躾《ぶしつけ》な視線をいくつもいくつも向けられたのを覚えている。

それから、挨拶に向かう父母と別れ、ルジェクと共に適当な場所でくつろいでいたのだ。様々な視線なんて物ともしない態度で、二人で世間話をしながら過ごしていたというのに。

カティヤが子爵である以上、高位貴族《こういきぞく》から話しかけられないと、言葉を交わしてはいけない。

こんな存在に声をかける相手なんていないだろう、とたかをくくっていたのだが、その考えは相当に甘かった。

『腐り根』であるルジェクと婚姻を結んだ貴族。それだけならまだしも、自身の紋章痕は『豊穣の根』に勝るとも劣らないほどの美しい形である令嬢――カティヤに、関心を寄せる人は少なくなかった。

結果として、ルジェクがカティヤの飲み物を取りに行くと言って場を離れた瞬間、カティヤは令嬢達に取り囲まれ、質問攻めにされてしまった。

「ねえ、貴女《あなた》がカティヤ嬢……？　あのルジェク様と結婚したっていう……？」

あのルジェク様、とはとんでもなくルジェクに対して失礼である。

だがまさか、ここで怒るわけにもいかず、カティヤは心の奥底へ怒りを必死に抑えつけながら、「はい！」と笑顔で答えた。

「ごめんなさい、不躾なことを聞いてしまって、でも気になっていて……」

「貴女のことは色々な場所で噂《うわさ》になっているのよ」

「そうそう、レーヴェンハイト伯爵家、長子のルジェク様と結婚した、美しい紋章痕を持つ子爵令嬢って……！」

令嬢達は好奇心を隠さない目で、カティヤを見つめる。カティヤは首を振った。

「そんな……。私なんて。そのように言われるほどではございません」

「そんなこと！　綺麗な形をしているじゃない」

「花のようね……！　美しいわ！　豊穣の根のような形をしているのね……！」

「私もこのような形が良かったわ。ああ、お父様とお母様の紋章痕を悪く言うのではないのだけれど……！」

カティヤの右手を見た令嬢達が声を高くして褒めそやす。そのまま、なだれ込むように様々な質問をされた。

それらに答えている内に時間が過ぎていったが、それでもルジェクは帰ってこない。

恐らくカティヤの現状を見て、自身が傍に居ない方がカティヤの社交が上手くいくと考えたのかもしれないが。

小一時間以上令嬢達に囚われ続けたカティヤは、舞踏会《ぶとうかい》が始まると同時にどさくさに紛れてその場を離れることにした。

令嬢達も、意中の男性に視線を向け始めた頃だったし、ちょうど良かっただろう。

「それにしたって、どうしてルジェク様と婚姻を結んだのか、と聞かれることが多かったわ……」

確かに見目は麗しいけれど……、というのが大半の人の感覚であるらしい。

一目見て好きになったから、と言った。

嘘はついていない。だが、この世界では受け入れられない答えであることも、理解している。

カティヤはそっと壁によりかかり、自身の紋章痕を指先で撫でる。

誰もがカティヤの紋章痕を美しいと言う。だが、カティヤには全くそれがわからない。

ただ入れ墨みたいなものが右手の人差し指についてるな、くらいの感覚だ。紋章痕の美醜《びしゅう》によって、その人の人生が決定づけられてしまうだなんて、想像も出来ない。

けれど、この世界では、そういったカティヤの考え方の方が少数派である、ということも、理解はしている。父母も、そしてカティヤのことを大事に思ってくれているブランシュも、誰もが紋章痕の美しさをそのまま相手の価値として捉える。

この世界における価値観。それを、カティヤはきちんと理解している、つもりだ。

それでも、どうしても、カティヤの中にその価値観が根付くことはない。

小さく息を零す。そうしてから、首を振り、ルジェクを探しに行かなければ、と思い立つ。

ルジェクのことである。カティヤが居なくなったことに気付いて、探し始めているかもしれない。

室内には居ないようだ。ならば外、とカティヤは開いた扉からそっと外へ出る。

ゲーム中だとマップにキャラクターアイコンの表示があって一発でわかるというのに。現実は悲しいが、しらみつぶしに探していくしかない。

だがルジェクはカティヤの推しである。

恐らくルジェクの残した気配を敏感に察知し、すぐに見つけ出すことが出来るはずだ——なんて考えていると、不意に鈍い音が響いて、カティヤは僅かに息を詰まらせた。

　何事かが、起こっている。——しかもどうやら、カティヤのいるこの庭園で。

　言い争うような声だ。一方的な声が耳朶を打つ。

　首を突っ込むべきか、突っ込まないべきか。考えて、すぐに決断した。

　何かが起こっているのは確かなのだ。だから、見て見ぬ振りは出来ない。

　声のした方向へそっと足を進める。不明瞭《ふめいりょう》だった言葉が、次第に明瞭になっていく。

「——第二王子の誕生日会に来て、まさか兄さんの顔を見るとは。相変わらず辛気《しんき》くさい顔をしているね」

「……ライル……」

「本当、どうして、おめでたい日に、兄さんの顔を見なくちゃいけないんだよ。本当最低、最悪、最悪だ！　『腐り根』のくせに。腐り根は腐り根らしく、どこかで萎《しお》れていれば良いのに」

「……そうだね、その通りだ。ごめんね、ライル、こんな兄さんで。でも、そろそろ行かないといけないんだ。通してくれないかな？」

「会場に戻るつもりなわけ？　折角《せっかく》、俺が外に連れ出してやったのに。あの場所は兄さんにふさわしくない」

　行き交う言葉の片方が、ひどく感情的になっているのが聞いていてわかる。

　もう片方の静かな声は、聞き知ったルジェクの声だった。「兄さん」という呼称から、ライルというのは、ルジェクの弟の名前だろう。

「ふさわしくないんだから、戻るなよ。貧相な腐り根がいるだけで、場の雰囲気が悪くなる。兄さんだってそれをわかっているから、レーヴェンハイト家にいた頃はこそこそしていただろ。なあ？」

「……そうだね。ライルの言う通りだよ。俺はいるだけで雰囲気を悪くする。けれど、会場には俺の妻がいて、妻は俺を待っているんだ。だから」

「カティヤとかいう名前の子爵令嬢だろ。かわいそうだよな、貴族としての地位を固めるためだけに、『腐り根』の兄さんと婚姻を結ぶことになるなんて。心の中できっと、兄さんに早く死んでもらいたがっているよ。こんな『腐り根』を家に入れたくない、子どもなんて授かりたくない、って」

ルジェクが僅かに息を詰まらせた気配がした。

すると、ライルの声がバカにしたような声色に変わる。

「まさか、自分が――『腐り根』のくせに、自分自身が愛されているだなんて、勘違いしていた？　そんなわけないだろ。兄さんは誰にも愛されないよ。俺にも、母さんにも、父さんにも――誰にもね」

ルジェクは答えない。ただ、少し足を動かしたのか、土を擦《こす》るような音が聞こえた。

「その顔。兄さん、ほら、笑わないと。まるで傷ついたみたいな表情を浮かべたらさぁ、辛気くさい顔がさらに辛気くさくなる」

「……ライル……」

「母さんだって、死ぬ間際の伝言は俺だけに残した。母さんでさえ、だよ。兄さんは誰からも必要とされてないんだよ。腐り根ルジェク。腐り根、腐り根、腐り根」

歌うような明るい声だ。けれど、そこには侮蔑の感情だけしか滲んでいない。

「誰かにうつす前に、さっさと死んでくれよ。俺と、母さんと、父さんのためにも」

「……そうだね」

「そうだね、そうだねって。そんな風に右手隠してさぁ。もしかして、まだ子爵家の人間に見せてないわけ？　俺が見せてやろうか。そうしたら、子爵令嬢も驚くだろうな。こんな気持ち悪い紋章痕の持ち主だと思わなかったんです、――なんて」

カティヤは小さく息を呑む。

そうだね、という声が、どうしようもなく優しく聞こえたことが、とてつもなく、悲しかった。

カティヤが令嬢と話している間、ルジェクはずっと、このような詰問《きつもん》をされていたのだろうか。

わからない。わからないからこそ、今すぐ、止めなければいけないことだけは、わかった。

カティヤはそっと息を吐いて、それからゆっくりと足を踏み出す。

さく、と地面を踏む音が響いて、弾かれたようにルジェクが体をカティヤへ向けた。目が合うなり、動揺したように視線を揺らす。

その瞳は、どうして、と問うようにも、どこから聞かれていたのか、と恥ずかしさを滲ませているようにも見えた。

恐らくカティヤの姿は、弟であるライルの視界にも入ったのだろう。「誰？」と剣呑《けんのん》な声が響いた。

だからこそ、カティヤはゆっくりと礼儀に則《のっと》って挨拶を行う。

「ユスティーナ子爵家を代表してご挨拶申し上げます。私はカティヤ。カティヤ・ユスティーナです。夫を迎えに来ました」

「……カティヤ様……？」

ルジェクが、静かに言葉を発した。乾いた声だった。

「はい、ルジェク様。お戻りが遅いので、捜しに来てしまいました。一緒に帰りましょう」

カティヤはそっとルジェクに触れる。その体の温度が低いことに、すぐに気付いた。

本当にずっと、ここで、侮蔑《ぶべつ》の言葉を投げつけられていたのだろう。

――それに、どうしようもなく心が苛立つ。

本来ならライルを張り倒したいところだが、まさか伯爵家の者にそんなことは出来ない。

ああ、でも、でも。

カティヤはライルへ視線を向け、貴族らしい完璧な所作《しょさ》で、微笑んで見せた。

「私、ルジェク様のことが、大好きなので。それはもう、光り輝いて見えるくらいには。ですので、ご心配なさるようなことは一切、絶対に、何があろうと、起こりません」

言い切ってから、ゆっくりとカーテシーを行う。

「失礼致します。また後ほど、父母と共に伯爵家の皆様へご挨拶に伺わせてくださいませ」

ライルは答えない。ただ、ムッとした表情を浮かべていた。悔しそうな——何か、落ち度がないかを、探すような目つきで、カティヤを見つめてくる。

これ以上ライルに言葉を重ねられる前に、カティヤはすぐにルジェクへ視線を向けた。

そうして、熱の宿った微笑みを浮かべて見せる。

「ルジェク様」

「……すみません、捜させてしまっていたなんて」

「いいえ、大丈夫です！　捜すのは得意なんですよ。それにほら、先ほども言ったでしょう！　光り輝いているので……！」

カティヤは笑いながら、ゆっくりと歩き出す。

これ以上、この場所に居たくはなかった。ルジェクを、居させたくもなかった。

ルジェクも同じように、ゆっくりと歩き出したが、足が僅かにもつれ、すぐに体勢を取り直す。

——城内へ戻る前に、ルジェクと少し静かに話す時間を取るべきだろう。

カティヤは頭の中でゲーム内マップを呼び起こし、出来る限り遠回りして帰るルートを構築した。

そのまま歩いていると、ルジェクが少し喉を詰まらせたような声で「……お恥ずかしい場面を、お見せしてしまって」とだけ続けた。

彼の歩みが止まる。カティヤはそっとルジェクを見つめた。

ルジェクはうつむいてしまっている。

「……あのような、場面を、見せる……つもりは、なかったんです。ライルは……、なんというか、直情的で。普段は良い子なのですが、……時に、俺のことになると、どうしても抑えが利かないようなのです。そのために、子爵家の皆様にも大変な……無礼な物言いを……」

声が震えている。泣き出しそうな、——泣き出すのを必死でこらえるような、そんな声だった。

「弟に代わり、無礼をお詫びいたします。大変申し訳ございませんでした」

「……どうして、謝るんですか？」

カティヤはそっと手を伸ばす。そうして、ルジェクの右手に触れた。

ルジェクがびくりと肩を震わせて、カティヤを見つめる。

水色の瞳が揺らめいた。傷ついて恐怖を滲ませて、苦しんでいる。それが瞳を見るだけで、伝わってくるようだった。

「貴方が一番、傷つけられているのに。自分の傷のことを最優先しないと」

「……俺が……？」

「そうです。……ルジェク様。私は今だけ、包帯になります！」

「包帯……？」

「はい！　ルジェク様の傷口を、私が抱きしめて塞《ふさ》いでみせます！」

言いながら、カティヤはルジェクの言葉を待たず、ルジェクを抱きしめる。

ルジェクが息を詰まらせた。

否定の言葉も、拒否もないのを確認してから、カティヤはそのままルジェクの背に手を回す。薄い体、その背筋を、そろそろと撫でるように手を動かす。

「私は、ルジェク様と、ずっとお会いしたかったです」

「……カティヤ様」

「ルジェク様のこと、本当に、もっと早く見つけられていたら良かったんですが。そうしたら、もっと早く、ルジェク様のことを知ることが出来たのになあ、なんて思います。ルジェク様の時間を私がより沢山独占出来たのに、なんて」

「——、……」

ルジェクは答えない。ただ、カティヤはひたすらに、言葉を連《つら》ねる。

身内から『腐り根』であるが故に『死ね』と言葉を向けられるルジェクを、そのルジェクの傷ついた心を、僅かにでも軽くしたかった。

「ルジェク様と一緒に食べる朝ご飯が好きです。ルジェク様が教えてくれる、おとぎ話も好きです。ルジェク様がおはよう、って声をかけてくれるのが好きです。ルジェク様が私の名前を呼んでくれるのが、好きです」

「……カティヤ……」

震えた声で、名前を呼ばれる。初めての呼び捨てに一瞬心が跳ね上がるが、感情が不意に溢れ、ほとんど無意識的に零れだした言葉のように聞こえた。

カティヤは顔を上げて、ルジェクを見つめる。水色の瞳が揺らいでいる。感情が様々に、瞳に現れては消えていくのが見えた。

きっと先ほど、自分がカティヤを呼び捨てにしたことにすら、気付いていないのだろう。カティヤも、それを指摘することはしない。

「……はい。たったこれだけ、でしかないけれど、でもこれからの日々で、もっともっと好きなところが増えていきます。多分、言い切れなくなるくらいに。――だから、どうか笑顔を見せてください」

カティヤの言葉がせめて、生きる理由になれたなら。

死ぬ理由を、はねのけることが出来るようになれたなら。そうしたらカティヤはきっと、とてつもなく幸せを感じるだろう。

カティヤの肩にルジェクの顔が埋まる。熱い吐息が肩口を湿らせた。背中を抱くようにルジェクからも抱きしめられる。二人分の、鼓動の音だけが静かに響いていた。

その後、時間を置いてから王宮内に戻り、カティヤは宣言通り、ルジェクの家族へ挨拶に向かうことにした。

ルジェクも「着いていきます」と言い、父母も連れてルジェクの父、アルベルト伯爵の元へ向かい、挨拶を済ませた。アルベルトの傍にはライルもいたが、父親の手前、悪し様にルジェクを罵るのは控えたようである。

簡単な挨拶を終え、広間へ戻る際、ルジェクの手が震えているのに気付いて、カティヤはルジェクの手を取った。一人ではないということが、伝われば良いと思いながら。

第二王子の誕生パーティーが終了してから、数日後。

あの日から、ルジェクの態度が急激に変わった――ということもなく、カティヤはルジェクと穏やかに時間を過ごしている。

離縁までの日々を思うと、カティヤとしてはなかなか上手くいっているような気がする。

ルジェクとの仲も日に日に深まっている。

このまま穏やかに、そして和やかに過ごしていけば、最終的にお互いに全く何の未練や悔いもないまま別れ、その後も友人としての付き合いが続くのではないか、なんて想像してしまうくらいには、上手くいっている。

侍女《じじょ》のブランシュにも「最近お二人は仲がよろしいですね」と言われたくらいだ。傍目《はため》に見てもいい雰囲気なのがわかるのだろうか。

ブランシュも『ユグこん』の世界の人らしく、紋章痕に重きを置く価値観を持っていた。そのため、カティヤがルジェクと結婚をすると決めた時には、驚いていた。

「お嬢様、もしかして何かしら弱みを……」とまで言い出したから、相当なものだろう。

そんなことはない、ルジェクは良い人なのだ、ということをこんこんと説明し、ようやく不承《ふしょう》不承《ぶしょう》ながらも頷いてくれたものである。

そういったことがあったからか、ルジェクが婿に来て間もない頃は、カティヤの夫として相応《ふさわ》しいか、を見定めるような目つきで見ていた。

ただ、それから月日も過ぎ、ルジェクが努力家で、そしてカティヤのことを大事に思っている、というのは伝わっているようだ。

雷の日に、怖がる自分に寄り添ってくれたのだ、という話を、カティヤがブランシュにしたことも関係があるかもしれない。ブランシュはそこで、ルジェクに対する認識を少しばかり改めてくれたようである。

だからこそ、仲を認めるような言葉を口にしてくれたのだろう。ブランシュにも、そしてゆくゆくは父母にも認められ――た辺りで、多分、カティヤはルジェクと別れることになるだろうが。

惜しむらくは、カティヤは恐らくルジェクの、真の意味での笑顔を見ることが出来ないだろう、ということである。

ゲーム後半のルジェクが浮かべる、とろけるような愛しさを滲ませた笑みは、主人公だけが見ることの出来る、言わば特権のようなものである。悪妻であるカティヤには無理だ。

ただ、ゲーム中に表示されたルジェクの笑顔のスチルは、穴が開くほどに眺めていたので、いつでも脳裏に浮かべることが出来る。それで十分だろう。何度も周回プレイしていて良かった。

脳裏にルジェクの笑顔を思い浮かべていると、カティヤの支度を手伝っていた侍女——ブランシュが、呆れたような表情を浮かべる。

「……お嬢様、なんだか嬉しそうですね。——さて、朝のお支度が完了いたしました。今日はどちらで朝食の時間をお過ごしになられますか？　雨が降っていますから……とは言っても、お嬢様は雨の庭園がお好きですから、外でお過ごしになられる場合は傘をご用意いたします」

カティヤの支度を整え終えたブランシュが、いつものように淡々と言葉を続ける。

「……そんなに嬉しそうにしていた？」

「とても。わかりやすく。ルジェク様のことを考えているのだろうなあ、と、察しがつくほどには」

ブランシュは静かに頷く。そこまで顔に出していたつもりはなかったのだが、指摘されるということは相当漏れ出ていたのだろう。

「今までは朝早く起きるの辛い……と常々言っていたのに、ルジェク様が来てからお嬢様の生活態度は大変な勢いで改善されていて……」

「ちょ、ちょっと！　もう！」

カティヤは慌ててブランシュの言葉に口を挟む。このままでは確実に日頃のことから何からお説教されてしまう気配がした。

「ルジェク様のどのあたりがそんなにお嬢様の琴線《きんせん》に触れたのですか？」

「それはもう、全部……全部よ！　全部。何もかもが最高……」

「……それで、どちらでお過ごしになられますか？」

「そっちが聞いたのに！」

あからさまに話題の転換をされてしまった。カティヤは喉を鳴らして笑いながら、窓の外へちらりと視線を向ける。

今日は起きてからずっと、しとしとと雨が降っている。雷が鳴るほどではないが、恐らくまだ降り続けるのではないだろうか。

普段なら外のガゼボで食事をするが、この天気だし、ルジェクも食堂がいいだろう。

「今日は、食堂に行こうかしら」

「かしこまりました、ではそのようにご用意をいたしますね」

ブランシュが粛粛と頭を下げる。去って行く姿を眺めてから、カティヤは自身を姿見でもう一度確認をする。それからノブに手を伸し、扉を開いた。

「カティヤ様。おはようございます」

――その瞬間、狙っていたように声をかけられて、カティヤは驚いた。

少し離れた場所に、ルジェクが立っているのが見える。

廊下に取り付けられた灯りが、柔らかく絨毯を照らし、ルジェクの輪郭を僅かにぼやけさせている。金色の髪はいつにも増して輝かんばかりで、目に眩《まばゆ》い。推しは尊いと言うが、本当に光り輝いて見えるものだとは、誰も教えてくれなかった。

　薄い水色の瞳を細め、ルジェクは軽く顔を傾けた。すぐにルジェクはカティヤの傍に近づいてきて、カティヤの代わりに扉を支える。

「本来なら食堂か、ガゼボでお待ちするべきだと思ったんですが、今日は……天気が悪いようで。どちらに行かれるか迷ったので、ここで少し待たせて頂いていました」

「えっ。そ、そんな。部屋に来てくださっても良かったんですよ。長くお待たせしてしまったんじゃ……」

「――いえ。貴女を待つ間、いつ出てくるかを想像するだけで、楽しくて……。俺が待ちたかったんです。ですから、急かすようなことをするわけにはいきません」

　言いながら、ルジェクは微笑む。そうして、朝食はどちらへ行きましょうか、と首を傾げてみせる。

「雨ですが、ガゼボでも問題はないと思います。屋根もありますから。もちろん、食堂でも……。カティヤ様のお好きな方へ行きましょう」

「今日は……、そうですね。濡れちゃって風邪を引いたら大変なので、食堂にしましょう」

「はい、わかりました。では行きましょうか」

　言いながら、ルジェクが歩き出す。カティヤの歩幅《ほはば》に合わせているのか、速度はゆったりとしていた。

隣に並びながら、カティヤはルジェクを見上げる。すぐにルジェクが視線に気付き、それからどうかしたのか、とでも問いたげにする。

「……もう少し雨足が弱かったら、ガゼボで食事をしたかったですね。雨の日の庭園も、素敵なんですよ」

カティヤは小さく言葉を続ける。

雨が降ると、庭園はまたいつもと違った顔を見せる。特にノルンの花は、水に触れると花弁が透明になる性質のため、雨の日の姿は神秘的で、美しい。

それもあって、カティヤは時々、雨の日に庭園を散策することがあった。最近は色々と忙しく、そういった機会も取れずにいたのだが。

カティヤの言葉にルジェクが首肯する。そうしてから、そっと唇の端を持ち上げて笑った。

「そうなんですか。……カティヤ様が良ければ、今度は是非、雨の日の庭園の散策にお付き合いさせてください」

「是非。本当に綺麗なんです！　その、お時間はそんなに取らせないので……、良かったら」

朝食の後にでも――という言葉を発しかけて、はしゃぎすぎかと思い呑み込む。

ルジェクが瞬いて、それから「良かったら、朝食の後にでも」と言葉を続けた。

なんだか心の内を見透かされてしまっているようである。

カティヤは照れたように笑い、頷いた。

朝食後、そのまま散策に向かう。

ぬかるんだ地面は少し滑りやすくなっていることもあるからか、「カティヤ様、どうぞ」という静かな声と共にルジェクが肘を軽く折った。摑《つか》まれ、ということだろう。

有《あ》り難《がた》い。こんなところでもスマートにエスコートをしてくれる推し、あまりにも最高である。

カティヤは感謝しながら、ルジェクの腕に手をかける。そして淡い色の傘を差して、ゆっくりと庭園に出た。

しっとりと降る雨は、周囲を遮断《しやだん》する。

傘の骨、その先からポタポタと落ちる雨粒《あまつぶ》を眺めていると、なんだかまるで、今は朝で、これから様々な仕事が待っていることなんてことが、嘘か幻想のように思えてくる。

現実から切り離されたような感覚を抱きながら、カティヤはルジェクと共に庭園を回る。

いくつかの花や木を見回ってから、ノルンの花が咲いている場所へ辿り着き、ルジェクの腕を軽く引いた。

「ルジェク様、ノルンの花です！」

声をかけて、カティヤはルジェクの腕から手を離し、そのままノルンの花に触れる。ノルンの花は満開になっており、その花弁のいずれもが透明になっていた。幻想的な花である。

花弁についた水滴を指先で拭うようにしながら、カティヤはそういえば、とルジェクを見上げた。

ルジェクはすぐにカティヤの視線に気付き、花に向けていた目をカティヤへ向ける。

「ルジェク様、私のことをカティヤ、って呼びましたよね」

つい先日、王子の誕生パーティーの会場で、呼び捨てで呼ばれた。

家に着いた頃には、またカティヤ様呼びに戻ってしまっていたのだが、カティヤ、と呼ばれたことだけはしっかりと記憶に刻まれていた。

あの時は追求しないようにしていたけれど、折角一時でも夫婦なのだし、出来るならば名前は呼び捨てで呼ばれたい。

もちろん、そもそも推しに名前を呼ばれるだけで結構なご褒美だが、もし可能であるならば敬《けい》称略《しょうりゃく》でお願いしたいものである。

そう思って声をかけると、ルジェクは僅かに息を呑んだ。そうして、困ったように視線を揺らす。

「……それは、……いえ、ご不快な思いをされたようでしたら、大変申し訳ございません」

「全然。全然、不快じゃなくて。良かったら、これからも是非そう呼んでください」

カティヤは慌てて言葉を続ける。

ルジェクが目を瞬《またた》いて、「……そう、呼ぶ、ですか？」と戸惑ったように続ける。カティヤは頷いた。

「はい。カティヤ、って呼ばれたいです。駄目ですか？」

「……いえ、そのようなことは、ありません。……でも、よろしいのでしょうか」

「呼ばれる私が良いって言っているんですから、誰かに文句を言われることもないと思いますよ」

ルジェクはゆっくりと息を吐く。そうしてから、柔らかく相好《そうごう》を崩し、「それもそう、ですね」と囁くように続けた。

そうして、意を決したようにカティヤをじっと眺める。長い睫毛《まつげ》が、微かに緊張して震えているのが見えた。

「カティヤ」

「はい。……ふふ」

思わず笑みが浮かぶ。心臓がとくん、と跳ねるような心地がした。頬に熱が上っていくのを、止められそうにない。

——嬉しくて、仕方がない。

もっと沢山、それこそ寝る時まで名前を呼んでいてほしい、なんて思ってしまう。

「私、嬉しいです。……そう呼んで頂けて」

「——カティヤ、ならば、俺のことも……、ルジェク、と呼んで頂けませんか？」

ルジェクは再び僅かに息を呑んで、それからいつもより少しだけ早口に言葉を続けた。

呼び捨てで呼んでほしいとお願いをする、そのことが、怖いのかもしれない。カティヤは小さく吐息を零す。

ルジェクは今まで願いをずっと潰されつづけてきた。こうやってお願いをしたとして、それが拒否されたり、否定されたりするような環境にずっと身を置いてきたのだ。

　きっと、このお願いはルジェクにとって健やかお兄さんになるための、第一歩のようなものなのだ。

　そう思うとなんとも言えず、カティヤは胸の中がじんわりと温かくなるのを感じた。

　ルジェクが願いや望みを口にすることが出来るようになってきたのだと思うと――、そしてそれが許されるくらいの関係を築けた、ということがとてつもなく嬉しい。

　カティヤは笑みを零し、ルジェクを眺め、その手に触れる。ルジェクの指先が少し緊張して、すぐにそれを解けさせるのがわかった。

「ルジェク」

「はい。――カティヤ」

「ふふ。ルジェク」

「……カティヤ」

「ルジェク。……なんだか照れてしまいますね」

「――はい。……本当に」

　ルジェクの頬がかすかに赤くなっているのが見える。カティヤもきっと、同じように頬が赤くなっているだろう。

　雨の日に、敬称なしでお互いの名前を呼び合って、たったそれだけで照れ合うだなんて、何をやっているのだろうか。仮にも婚姻関係にあるというのに。

ただ、紡がれる声があまりにも優しくて、ずっと聞いていたくなってしまう。

だから、仕方無いだろう——とも、カティヤは思ってしまうのだ。

カティヤは触れた手に、そのまま指先を絡める。ルジェクが息を詰まらせて、けれどゆっくりと、カティヤの手が触れている指先へ、力を込めてきた。

「……カティヤは、俺と……、結婚をして、後悔はしていませんか？」

「え？」

「先日のライルの件もそうですが、俺といる限り、カティヤは侮蔑の目にさらされることが多くなるでしょう。腐り根は……遺伝するとも言われています。今後もし、子どもを授かるにしても、俺の……俺の腐り根が遺伝したら……、伯爵家との繋がりを得るという利点以上に、大きな汚点を、俺はユスティーナ子爵家にもたらしてしまうでしょう」

滔々《とうとう》と紡がれたのは悲しい言葉だった。

もしかしたら、ずっと悩んでいたのかもしれない。弟に子爵令嬢、つまりはカティヤがかわいそうだ、と言われてから。

いや、そもそも政略結婚のためにここへ来た日から、ずっと。

カティヤは瞬く。そうしてから、ふ、と小さく笑った。

「後悔している人間が、私みたいな笑顔を浮かべると思いますか？」

「……カティヤ」

「それとも、ルジェクの目から見て、私は常に後悔して、苦しんでいるように見えますか？」

「――いえ。いいえ、カティヤ。俺の目から見て、貴女は、いつも……、いつも、嬉しそうで。……楽しそうで、幸せそう、です」

「なら良かった。つまり、そういうことです。私は後悔なんてしません。言ったでしょう」

言いながら、カティヤはノルンの花を手折る。透明なそれをそっとルジェクに差し出した。――あの時は受け取ってもらえなかった花だ。

「私はルジェクに危害を加えない。ルジェクのしたいことは可能な限り一緒に叶える。そして、朝ご飯は一緒に食べて……、健やかになってほしくて。私の夫である以上、不幸なんて感じる暇もないくらい、幸せにしてみせます。ノルンの花に誓って」

誓約の花を、そっと手渡す。ルジェクは間を置いて、少しばかり緊張した手つきでそれを受け取った。

透明な花弁《かべん》を薄い水色の瞳が見つめる。

そうしてから、ふいに――眦《まなじり》を和《やわ》らげて、泣きそうな顔で笑った。

それは、普段浮かべているような、貼り付けた笑みとは違う。

もっと特別で、沢山の感情を孕《はら》んでいるような、そんな笑顔だった。

カティヤは思わず息を呑む。

まさか、ルジェクがそんな風に笑うとは、一切思わなかったのだ。

これはもしかしたら、主人公と出会う頃には本当の笑顔を取り戻した、健やかなルジェクになっている可能性がある。そうなったらもう、完全に、主人公はルジェクのことを好きになるだろう。

だってこんなに素敵な人なのだから。

主人公の一目《ひとめ》惚《ぼ》れ、からの結婚までが安易に想像出来る。

カティヤは恐らく結婚式には出席出来ないが、それでも二人の幸せを遠くから願うことにしよう。

ルジェクがそろ、と同じようにノルンの花を手折る。そうしてそれを、そっとカティヤの元に差し出してきた。

「俺も、……カティヤ、貴女を、幸せにすることが出来るように……、誓います」

「既にもう幸せですよ。とっても」

手元のノルンの花から、柔らかな香りが滲んでくるのがわかった。その香りを感じながら、カティヤは小さく息を零す。

あともう少しだけ、外界から二人を隔絶するように、ささやかな雨が降っていたら良いのに、と思ってしまう自分はもしかしたら欲深いのかもしれない、なんて考えながら。

第3章 公式設定資料集にのっていない推しの情報

ルジェクから呼び捨てにしてもらえるようになって半月後、カティヤは足早に廊下《ろうか》を歩いていた。朝食後、ブランシュを通じて父親に呼び出されたのだ。

恐らくまた領地を留守にするだとか、そういうことを伝えるためだろうと考えながらカティヤは父の部屋に向かった。

「お父様。カティヤです」

「ああ、良かった。入っておいで」

父の答えを聞いてから、室内に足を踏み入れる。思った通り、仕事のための正装に着替えていた父が、カティヤを出迎えて腕を広げながら微笑んだ。何か嬉しいことがあったのか、とてつもなく機嫌《きげん》が良いことが、その踊るような仕草《しぐさ》を見ているだけでわかる。

父親がここまで機嫌が良くなる時は、だいたい決まっている。商談でとてつもなく有利な契約が結べた時か、大口の顧客が手に入った時だ。

「……お父様、どうかなされたのですか？」

「ああ、カティヤ。聞いておくれ。先日、第二王子の誕生パーティーがあっただろう？」

　カティヤは頷く。あまり良い思い出のある日ではなかったことだけは確かだ。

　父は「実は王城《おうじょう》からお呼びがかかってね」と続けた。

「王城に？　それはどうして」

「我が家からの贈り物を第二王子がいたくお気に召したらしい。普段ならば礼状のようなものが届いて終わりだが、今回は直接会って話がしたいとまで言われたんだ」

　贈り物――というのは、ルジェクを交えてどれを送るべきか、を悩んだもののことを言っているのだろう。

　結局、ルジェクの提案によって贈るものを決めた。遠方より伝手《つて》を辿《たど》って手に入れた上等ななめし革を、乗馬用のブーツに仕立て上げたものである。

　最近、第二王子は狩りに興味を持っている、とルジェクは言った。

　ただ狩りに関するもの――武器などは、ともすれば叛意《はんい》を示すことに繋《つな》がるから、それ以外のもの、例えば乗馬用品などを用意してはいかがか、との助言に従い、用意したのだ。

　そうすると足のサイズが問題になってくるが、その辺りはカティヤが設定資料集に載っていた情報として覚えていたので、問題なく注文することが出来た。

　ただ、カティヤがどうして第二王子の足のサイズを知っているのか、という疑問が浮上してくるので、その辺りを誤魔化《ごまか》すのが大変だったが。ニッチすぎる情報は、あまり表に出してはいけない。

カティヤは心にそう誓った。

一応、これからまた足が成長した時、サイズの調整が利くように、ルジェクのアドバイスを元に、かかと部分に細工をした。それらがどうやら高い評価を得たらしい。

「かかとの部分の細工が、まれに見ないものであり、その辺りも気に入って頂けたようだ。足にとても馴染《なじ》む、何も履いていないようにも思えるくらいだ、とのことだったよ。包装も気に入られたようだ」

包装に関してもいくつかルジェクから提案され、その通りにした。

第二王子は愛猫家《あいびょうか》なので、飼っている白い長毛《ちょうもう》の猫に似た絵が描かれた包装紙を使用したのだ。

これはうちの猫……!?　と第二王子はひどく喜んだらしい、と、上機嫌《じょうきげん》に続ける父の言葉に、カティヤは笑顔を浮かべるのを止められない。

流石《さすが》ルジェク。推しは凄《すご》い。心中で頷《うなず》きつつ、カティヤは「それでは、ご不在の間は私が家をお守りいたします」と言葉を続ける。

父親は頷いて、それから母も連れて行くことをさらに重ねる。そうしてから、カティヤのことをじっと見た。

「カティヤ。お前がレーヴェンハイト伯爵家の長男であるルジェク様と婚姻《こんいん》をしたい、と言い出した時はどうしたものかと思ったが……」

「もの凄く失礼な物言いですよ、お父様」

「いや、そうだな、すまない。その、とにかくルジェク様は素晴らしい。物の覚えも良いし、領地経営に対する理解も深い。他人の望むものを察する観察眼や、聡《さと》さもある。つまり、父さんは、お前達二人の仲をしっかりと見守っていくから……わかるな？」

　わかるな？　とは。

　カティヤは思わず渋い表情を作る。

　そうしてから「それ、私には言っても良いですけれど、絶対にルジェク様には言わないでくださいね」と念を押すように続けた。

　父が小さく笑う。そうして「お前に話すようには言っていないよ。まあ、ただ」と、したり顔で微笑んだ。

「お前がルジェク様のことをひどく大事に思っていることは、伝えたけどな」

「もう！　本当に！　お世話が過ぎるんですが！　早く王都へ行ってきてください！」

　なんてことを言うのだろうか。

　愛する必要はないと言ってきた相手が、その実、大変な好意を自身へ向けていると知ったら、ルジェクも恐怖を覚えるだろう。これは今後の友好関係にヒビが入ったかもしれない。

　父には帰ってきた時になおさら厳重に注意をすることにして、ルジェクにもそれとなく謝罪を入れておくべきかもしれない。痛む頭を指先でさすりながら、カティヤは父の執務室から出た。

　部屋に戻り、椅子に軽く背を預けて、カティヤはぼんやりと父のことを考える。

両親は、カティヤがレーヴェンハイト伯爵家の長男であるルジェクと婚姻を結びたい、という話をした時、困った顔をした。当然だろう。元商家のカティヤ達の耳にまで届くほど、ルジェクが腐《くさ》り根《ね》であるということは貴族の間では周知の事実だったのだ。

人の価値や地位を決める一番目の項目に、紋章痕《もんしょうこん》は鎮座している。その上、紋章痕は遺伝をすると言われているのだ。相手が高位貴族であれど、『腐り根』を家に入れることについて、父母は煩悶していたように思う。

だが、そんな父ですら、今はルジェクのことを性格含め大層気に入っているようだ。元々商人気質であるから、利や損を考えて、利のある方を取った、と言われたらそこまでかもしれないが。

母は、男爵家《だんしゃくけ》出身の貴族令嬢らしい人で、穏やかで楚々としている。いつも優しくカティヤのことを見守ってくれる人だ。だが流石にルジェクとの婚姻も、父はまだしも母は納得のいかない様子だった。

もっと良い人がいるのでは、と何度か言われたが、カティヤが必死に母を説得した甲斐もあり、最終的にはカティヤが添い遂げる人なのだからカティヤが良いなら、と根負けした。

父が行動でカティヤへの愛を示すとしたら、母は眼差しでカティヤへの愛を示す。二人とも、カティヤのことを気にしてくれているのは、違いない。

それに、出会ったばかりの頃ならまだしも、ルジェクの良さは、もう十分に二人にも伝わっているだろう。

――ルジェクは、良い人なのだ。

真面目で、思慮深《しりょぶか》く、優しく、穏やかだ。己が傷ついてきた過去をひけらかすことはしないまま、そっと胸の内に秘めている。

『腐り根』だからといって、捨て置いていいような存在ではないことを、カティヤは知っていた。

思考の内に潜っていると、不意に扉がノックされた。

返事をすると、「カティヤ。ルジェクです」と声が返ってくる。慌てて椅子から降りて向かい、扉を開いた。

扉から少し離れた場所にルジェクが立っていて、カティヤと目が合うと眦《まなじり》を和らげた。

「ルジェク。どうしたの？　もしかしてお父様に何か言われましたか？」

「いえ、ただ、午後からの仕事がなしになったので。カティヤももし用事がないのであれば、一緒に時間を過ごしたいと思ったんです」

ルジェクは囁《ささや》くように言葉を続ける。

父親から仲良くしてこい！　と言われてやってきたわけではないのだろう。

正直なところ、もしそう言われたとして、ルジェクは唯々諾々《いいだくだく》と遂行《すいこう》しそうなところがあるので心配だ。

カティヤは小さく頷いて、それから「是非。私も暇だから大丈夫です」と室内にルジェクを招き入れる。

ルジェクをソファーに座らせて、紅茶をカップに注ぐ。

そうしてそのうちの一つをルジェクの前に置き、カティヤはルジェクの隣《となり》に腰を下ろした。

「ありがとうございます。良い匂いですね……、これはサンデール地方のものですか？」

「そうです！　凄いですね、ルジェクは」

「いいえ、多少心得がある程度で。サンデールの紅茶は、母もよく飲んでいたのもあって、覚えてしまったというのもあります」

ルジェクはコップの縁に唇をつけ、嚥下《えんげ》するように喉仏《のどぼとけ》を動かす。小さく吐息を零《こぼ》してから、ルジェクは少し緊張したように視線を揺らしながら、カティヤを見た。

「……食事に、好き嫌いがないと、前にお伝えしたと思うのですが」

「はい。あっ、もしかして増えましたか？　何か」

「その――これが好き、というものは、やはりないんです。ただ、……カティヤと食事する機会を、俺はひどく嬉しく感じるようで。貴女と一緒に食べるものが、俺の好きなもの、なのだと思います」

「……それは」

それは。カティヤは思わず息を呑む。

ルジェクの好きなものは、主人公と共に食べたパンケーキ、主人公が淹《い》れてくれたお茶。そのはずだ。それなのに。

――変わってしまっている、のだろうか。

カティヤは唇を引き結んで、それから思い直して、笑みを浮かべる。

多分、一時的なものなのだろう。

きっと、主人公と出会ったら、ルジェクの好きなものは主人公一色に塗り替えられるはずで——。

そう思った瞬間、胸が僅《わず》かに痛んだ。

カティヤはすぐ、その痛みを放り捨てるようにルジェクを見つめる。

「それはその、嬉しいです。私も、ルジェクと一緒に食べるのも、散策するのも、好きですよ」

「……はい。ありがとうございます、カティヤ。その、……嬉しい、です。とても」

ルジェクはほのかに頬《ほほ》を染めて、そうして笑みを浮かべて返した。

「きっとこれから沢山、好きなものが増えていくと思います。今日はその第一歩、ですね！」

「……はい。そうですね。一歩……上手く踏み出せたのでしょうか？」

「上手く踏み出せてますよ。大丈夫です、私が保証します！」

「カティヤに保証してもらえるなら、それ以上に心強いことはありません。……そうだ、今日はどうしましょう？　先日読んだ本の続きを読むことも出来ますし、カティヤが望むなら何にでも付き合います。このまま一緒に、ずっと会話するのも、俺は……嬉しいです」

ルジェクは笑みを浮かべる。稚《いとけな》さの滲《にじ》む提案だった。

カティヤは小さく笑って、それなら、とルジェクを見つめる。

「ルジェクのことが知りたいです」

「俺のことですか？」

「そうです。私の知らないルジェクのこと、教えて頂きたくて」

基本的に身長・体重・家族構成は公式設定資料集に載っていたので知っている。

それ以外の、例えば寝る時は枕を使う使わないだとか、暑いのと寒いのどちらが苦手だとか、そういうちょっとした、豆知識のような推しの情報を得たい。

カティヤは頷いて、それからルジェクに体を寄せた。

「好きな季節とか、好きな本とか、あとは得意な魔法、苦手な魔法！　それと好きな動物、好きな場所、趣味も！」

続けざまに問いかけると、ルジェクは目を瞬いた。

そうしてから、困ったように笑い、「わかりました」と小さく頷く。

「ですが、一つだけお願いをしてもよろしいですか？」

「なんでしょう」

「俺が答えるのと同様に、俺もカティヤに……色々、訊いてもよろしいでしょうか」

少し躊躇《ためら》いがちに紡がれた言葉に、カティヤは頷いて返す。

全く問題ない。いつでも何でも、訊いてくれて構わない。

「もちろんです。何でも答えます」

カティヤは軽く胸を張って見せる。

「わかりました。――では、ええと、俺から答えますね。好きな季節、好きな本、得意な魔法と苦手な魔法、……それと好きな動物、好きな場所、趣味、ですよね」

「はい！」

まさかここに来て、推しの新たな情報を手に入れることが出来るとは。

自筆《じひつ》でルジェクの設定資料集をしたためたい気持ちを抑え込みながら、カティヤとルジェクはお互いに質問しながら、時間を過ごした。

そうこうしている内に時刻は過ぎ、夕方近くになる。

いつのまにか話し込んでしまっていたようだ。カティヤはルジェクから問いかけられた好きな本に対する答えを口にした後、小さく笑う。

ルジェクが僅かに首を傾げて、「どうかされましたか？」と声をかけてきた。

「いえ、――なんだか、そう、私達は夫婦であるのに、まるで初対面の相手とするような会話をしているなあ、と思って」

「確かに……、そうですね。俺はカティヤのことを知らないまま、カティヤも俺のことを知らないまま、婚姻を結んだわけですから」

ルジェクがふ、と息を零すようにして笑う。

貴族同士の結婚なのだから、お互いを知らぬまま結婚をするのはおかしなことではない。

ただ、まるで、お互い傍《そば》に居なかった時を埋めるように問いかけを繰り返す時間が、なんだか少し面白く思えた。カティヤは小さく喉を鳴らしながら、ルジェクを見つめる。

「楽しかったです。ありがとうございます、ルジェク」

「……いえ、——」

ルジェクは何かを言いたげに視線を揺らす。

沢山の感情が滲んで消えて、そうして、僅かに息を詰まらせて、ルジェクは言葉を続けた。

「……、夜も、傍に居たいと言ったら、カティヤは困りますか？」

「え……」

「貴女に触れるようなことはしません。ただ、……カティヤとまだ過ごしたいと、俺の浅ましい心が叫ぶのです」

カティヤを見つめる瞳が揺れる。緊張しているのだろう。

肯定してほしい、許してほしいと、懇願《こんがん》するような、ねだるような——そんな感情が滲んでいるのが見えた。

ずるい人だ。カティヤに決定権を持たせ、揺らがせてくる。カティヤは小さく息を呑む。そうしてから、そっと囁くように言葉を続けた。

「……本当に、父から何か言われたわけではないのですね？」

「もちろんです。俺がそうしたいと思い、そう口にしているだけです。もちろん、ご不安であれば誓約書を交わすことも……」

「誓約書？」

「その、俺からは何があろうと触れない、という……内容のものを」

ルジェクの言葉にカティヤは瞬《しばたた》く。そうしてから、小さく笑った。

一体何の誓約をするつもりなのだろうか。

その書面を見た時、真剣な表情で名前を記載することは、恐らくカティヤには出来ないだろう。

多分、おかしくて笑ってしまう。

そもそも考えてみれば、雷雨の日は夜を共に過ごした。それなのに、今更断るというのも、なんだか変な話だ。

「いえ、そうですね。わかりました。誓約書は大丈夫です。ルジェクが私に触れるなんて、そもそも思いませんから」

そもそもルジェクの唯一の人は主人公である。ルジェクの愛は主人公にだけ向けられ、そして注がれる。こんな、主人公と出会ってもいない場所で、いたずらに消費するようなものではないだろう。

カティヤはルジェクを見つめる。

なんにせよ、父親からの催促もある。ルジェクと共に話をして一晩過ごすだけでも、確実にけん制にはなるはずだ。もうこれ以上二人の関係に口出ししないでください、と言うことが出来る。

「友人として、私もまだルジェクと一緒に話したいです。教えてください」

——設定資料集に載ってないような個人情報を！

心中で叫びながら、カティヤは笑みを浮かべる。紡がれた言葉を聞いてか、ルジェクがひゅ、と息を呑んだ。

「友人、……」

「はい。私とルジェクは友人です。でしょう？」

カティヤは笑顔を向ける。カティヤからしてみたら、今更確認することではないくらい自明の理だ。だが、ルジェクは何か言いたげに唇を開いて、すぐに閉じた。

笑みを浮かべ、「……そうですね」と囁くように言葉を続ける。

話は決まった。

では夕食後にまた、とカティヤはルジェクと約束をし、その場は別れることになった。


夕飯後、カティヤがルジェクをもてなすための部屋の用意を済ませた頃、扉がノックされた。

「カティヤ、ルジェクです。入っても良いですか？」

カティヤはすぐにどうぞ、と声を返す。

一拍置いてから、ゆっくりと扉が開いて、ルジェクが室内に入ってきた。

別れた時の軽装から、恐らく寝る前の装いに着替えたらしい。ゆったりとしたナイトウェアに身を包んだルジェクは、カティヤと視線を合わせると少しだけ照れたように頬を染めて微笑んだ。

右の手袋も、普段の革手袋ではなく、就寝用のものに変わっているらしい。

ただ、紋章痕が見えないように、厚めの生地を使っているらしいことだけは、見るだけで察することが出来た。

「すみません。本当に、……急なお願いにも関わらず、聞いてくださってありがとうございます」

「そんな。私も、ルジェクと話したりないって思っていたところですから！」

「そう言って頂けると、……嬉しいです。俺は、……こんな風に、誰かとずっと話していたい、傍に居たいと思うのは、初めてで」

カティヤがソファーを薦めると、断りを入れてからルジェクが腰を下ろした。

用意しておいたお茶を出す。眠る前に飲んでも問題ない、安眠効果のあるお茶だ。

少し癖のある味がするが、それ以上に華やかな良い香りがして、カティヤはこのお茶を好んでいる。同じように自身もカップにお茶を淹れ、口をつける。そうしてから、ルジェクへ視線を向けた。

「もう少し経つと、夜、星が綺麗に見える時期になりますね。良かったら夜、一緒に見ましょう。庭園から見る星空、とっても綺麗なんですよ！」

「庭園から……ですか？　それは、抗《あらが》いがたいお誘いです。きっと、カティヤと見る星空は、俺一人で見上げるよりも美しく、綺麗でしょうから」

ルジェクは柔らかく微笑む。

約束ですね、とカティヤが囁くと、ルジェクはゆっくりと頷いた。そうして、ふ、と息を零すようにして笑い声を零す。

「どうかされましたか？」

「いえ。……その、カティヤと一緒に居ると、未来の約束をすることが多い、と思ったんです。レーヴェンハイト家に居た頃は、誰かと約束をしたり、これからのことを話したりすることは、ありませんでしたから」

「……もしかして、お嫌でしたか？」

「そんなことはありません。――俺はこうやって、カティヤと未来の約束を出来ることが、本当に嬉しいのです」

ルジェクはカティヤを見つめた。薄い水色の瞳、その虹彩《こうさい》が様々な感情に揺れている。

大好きな推しに見つめられて、一瞬、カティヤの息が止まる。心臓が跳ねるように動いた。

「カティヤ。これからも俺と、明日の約束をして頂けますか？」

「もちろんです。沢山、約束しましょう。ルジェクも、何かあったらいつでも私を呼んでくださいね。私達は夫婦であり、友人という関係なのですから！」

カティヤはぐっとルジェクに身を寄せて、小さく笑う。

そうしてから、そっとルジェクの右手に触れた。触れる度に、僅かに緊張したように震えるそれを愛おしむように、指先でそろ、と撫でる。

ルジェクが息を呑む。

「カティヤ……」

「頼ってください。何かそう、たとえば、――どうしようもない壁に阻《はば》まれてしまった時や、状況を打破出来ずに困っている時など、いつでも」

具体的に言えば、主人公と出会ってしまい、カティヤに離縁《りえん》を申し出たいけれど流石に……な時とか、頼ってほしい。

ルジェクから「離縁したい」と相談されたら、すぐにでも離縁してみせる。父母も必ずや納得させてみせる。

「再三《さいさん》申し上げていますが、私はルジェクの力になりたいのです」

「――カティヤは……、……とても、とても、優しい人ですね」

眦を赤くして、ルジェクは笑う。

手を撫でていたカティヤの指に、そっとルジェクの指先が絡められた。少しでも力を込めたら、すぐにでも壊れてしまいそうな、そんな大事なものに触れるように、優しく力が込められる。

「俺の今までの人生は、貴女に出会うためにあったのかもしれません」

「……ルジェク」

「カティヤの傍に居たいです。ずっと、……許される限り……」

そっと、吐息を落とすように紡がれた言葉だった。甘くて、少しだけ欲の熱を孕《はら》んだ声だ。乾いたそれは、カティヤの耳を優しく撫でるように響く。

ルジェクがカティヤを見つめる。水色の瞳を僅かに瞬く。眦に朱を刷《は》いたまま、ルジェクは照れたように相好を崩した。

「既に夫婦であるというのに、許される限り共に居たい、というのは、少しおかしいかもしれませんが」

「いえ、そんな。でも、嬉しいです。そう言って頂けて……」

それを言うなら、自分だって、そう思ってしまう。

胸の中に、ほんのりと独占欲めいた感情が滲み出てきて、カティヤは首を振る。

いけない。駄目だ。推しの傍に居るせいか、ずっと心がふわふわとしていて――分不相応なことまで、望んでしまいそうになる。

ルジェクには幸せになってもらいたい。そしてそれは、カティヤの傍では叶えられない。

なぜならカティヤを踏み台にして、ルジェクは幸せを摑《つか》むのだから。悪役令嬢のカティヤでは、推しを幸せにすることは、出来ない。

何度も心の中で繰り返した言葉を再度心中で自分に言い聞かせるように口にする。

いつのまにか、飲み終わってしまっていたお茶を再度注いで、今後のことを少し話す。

星が綺麗に見える時期を過ぎたら、王都で騎士の大会が行われるだとか、そういったことを話している内に時間は過ぎ、夜も更《ふ》けてきた。

そろそろ眠る頃合いである。カティヤが欠伸《あくび》を漏《も》らすと、ルジェクが「眠たいですか？」と囁いた。

「すみません。少し……眠たいかもしれません。続きの話は、ベッドでしても大丈夫ですか？」

「……俺は、もちろん構いません。ですが、カティヤはよろしいのですか？」

「はい。――だって、ルジェクは私に触れないんでしょう？」

カティヤは首を傾げる。ルジェクが僅かに息を詰まらせて、それからそっと目を伏せた。

そもそも夜を一緒に過ごしたい、という提案だったはずだ。

カティヤはそれを受けた。ルジェクは絶対にカティヤには自ら触らない、と言っている。

他の相手ならば信用ならないところだが、ルジェクは違う。ルジェクは口にしたことはきちんと守る人だ。

それに、こうやって夜を共に過ごしたことは、使用人の口から父母へ連絡が行くだろう。

そうなったら、父母が躍起《やっき》になってカティヤとルジェクの関係の進展を望むようなこともなくなるはずだ。恐らく今後は、多少なりとも静観《せいかん》して見てくれることになるだろう。

父母がカティヤとルジェクの関係を望むことは、ルジェクにとっても良いことではない。だから、両親を静観させることでカティヤだけが利を得る、ということもないはずだ。

「心配なら間にクッションを挟みます。それでどうでしょう」

「いえ、俺は――、その……、大丈夫です。カティヤがそれで安心出来るなら、そうしてください」

そこまで言葉を続けてから、ルジェクは息を吐いた。

そうしてから、「ベッドに行きましょうか」と、決意したように言葉を続ける。カティヤは頷いた。間にクッションを置いて、そのままベッドに横になる。

暗くなった室内に、二人の呼吸の音が響いた。普段は一人で眠ることが多いからか、なんだかいつもと違うシチュエーションに、カティヤの心が弾む。小さく笑うと、ルジェクが「どうかされましたか？」と声をかけてきた。

室内に満ちるのは、締め切られたカーテンの隙間《すきま》から零れる、月明かりのみである。夜目《よめ》が利かないのもあって、カティヤはルジェクの表情を見ることが出来ない。声だけで、何を考えているか判断するしかないのだ。

「いえ、こうやって……誰かと一緒に寝るのは、お母様以来だな、と思ったんです」

「——カティヤは、お義母様《かあさま》と仲がよろしいんですね」

「そうですね。……でも、ルジェクもお母様とは仲が良かったのでは？」

「俺は……、……」

ルジェクはよく母のことを口にする。母が好きだったから。母がよく飲んでいたから。ゲーム中でも、ルジェクはレーヴェンハイト家の中で唯一自分の味方となってくれていたのが母親だったと明かしていた。

『腐り根』というとんでもない不幸を持って生まれた子どもを、母親だけは見捨てられずにいたのだ。

ただそれも、ルジェクの母が病気で亡くなるまでの話だ。母親という後ろ盾を失ったルジェクの立場は、伯爵家《はくしゃくけ》の中で急速に悪くなる。

「……そうですね。あの家で……レーヴェンハイトで唯一、母だけが、俺のことを見ていてくれたのかもしれません」

「見て……、ですか？」

「――『腐り根』はレーヴェンハイト伯爵家に、存在してはならないものなんです」

ルジェクはゆっくりと言葉を紡ぐ。

まるで子どもにおとぎ話を聞かせるような、そんなゆったりとした口調だった。

だからこそ、彼の言葉の悲惨《ひさん》さが強く際立つ。カティヤは冷たい手で背筋を撫でられたような気がした。喉の奥が、きゅう、と窄《すぼ》まるのがわかる。

「母は……、俺に、一人で生きていくように、と何度も言いました。病に倒れ、それが悪化した後も、俺にだけ、ずっと。俺に伝言を残さなかった、とライルは言いましたが、母からしたら俺に言いたいことは『一人で生きていけ』ということだけ、だったのでしょう」

ルジェクは滔々《とうとう》と言葉を続ける。記憶の縁《ふち》を、指先で優しく辿るような声音だ。

「腐り根は歓迎されない存在です。そもそもが、生まれた時点で祝福されない存在です。それだというのに、母は俺に目をかけてくれていました。必死に俺に、沢山のものを伝えようとしてくれるくらいには」

「……」

「紅茶も、宝石も、花も――、母が教えてくれました。母は俺に触れようとはしませんでしたが、それでも、俺が教えられたことをきちんと覚えると、嬉しそうにしてくれていたのを思い出します。俺は母や父に褒められたくて、魔法も、剣術も、何もかも、ずっとやっていたのかもしれません。そう考えると、とても欲深いですね」

心の内を、そっと押し開くようにして紡がれる言葉だった。

ゲームでも聞いた。ルジェクの生い立ちや、そしてレーヴェンハイトから子爵家に婿《むこ》入りし、そこでも人間扱いをされることがなかったということを。

ルジェクが触れようとするとカティヤは悲鳴を上げ、拒絶したということも。

腐り根とはそういう存在なのだ。誰も、触れない。――触れたくない。

カティヤは小さく息を零す。

ルジェクの心は、多分、様々な人の足跡がついた状態なのだろう。

柔らかな状態の時から、人に土足で踏みにじられ、その人達がいなくなった後も、その足跡だけが残っている。その心の形を、元の柔らかな状態へ戻すことは出来ないだろう。

それでも。諦《あきら》めたように、家族のことを囁くルジェクが、どうしようもなく……。

――どうしようもなく。

「ルジェク」

カティヤは間に置いていたクッションを乗り越えて、ルジェクの傍に近づいた。

カティヤの唐突な行動に驚いて緊張に固まる体を、そのままぎゅうっと抱きしめる。

ルジェクが「カティヤ？」と慌てたように名前を呼んだ。

ゲーム内で生い立ちを聞いた時、カティヤは——杏《あんず》は、少しだけ胸を痛めた。

でも、それだけだ。

ゲームの攻略キャラクターは、二次元という枠組みから出てこない。だからどこか、他人事のような気持ちがあったのかもしれない。

けれど、今は。

ルジェクは、カティヤの目の前に居て、沢山のことに傷ついたままなのだ。

「——どうしたんですか？」

「ルジェク、ルジェクが……ルジェクが、撫でられなかった分、私が撫でます。ルジェクが抱きしめてもらえなかった分、私が抱きしめます」

「……カティヤ」

「せめて、今から、少しだけでも」

ルジェクの背中に手を回す。細い体だった。この体に、どれほどのものを背負って、生きてきたのだろう。

ルジェクが囁くようにカティヤの名前を呼ぶ。カティヤはルジェクの肩口《かたぐち》に顔を埋めて、軽く首を縦に振って返した。

「……これでは、もらってばかりです。……カティヤ、どうか、俺からも……、抱きしめても、よろしいでしょうか。貴女に——カティヤに、触れたい」

「——はい、抱きしめてください、沢山」

「ありがとうございます。カティヤ、……」

そろ、とカティヤの背中に手が回る。そうして、すぐ、力が込められた。

お互いの心臓の音が僅かに響いてくるくらい、近い。ルジェクが息を吐いた。熱の籠もったそれは、震えている。

間を置いて、必死に押し込めたような嗚咽《おえつ》が、カティヤの耳を打った。……ルジェクが、泣いている。

「申し訳、ございません……、急に、俺は……、こんな」

「謝らないで。大丈夫です。ルジェク、傍に居ますから」

ひゅ、と息を呑む音が聞こえた。嗚咽の声が微《かす》かに大きくなる。

ルジェクはずっと、泣かないようにしていたのだろう。

この家に来てからは、なおさら、気を張って過ごしていたのかもしれない。

いや、むしろ、——レーヴェンハイト領にいる時から、ずっと。

カティヤはルジェクの背を撫でる。ずっと、感情を心の奥へ閉じ込めて生きてきたルジェクが、カティヤの傍で『泣いても良い』のだと、思ってくれたのだとしたら。

それはきっと、とてつもなく、光栄なことであるのだろう。

カティヤの耳元で、ルジェクがカティヤの名前を呼ぶ。

カティヤ。カティヤ。——カティヤ。

名前の形を辿るような声だった。

それはまるで、甘く、そして縋《すが》るような響きを持って、カティヤの耳を濡らす。

だから、カティヤも、同じようにルジェクの名前を呼んだ。

ようやく、泣けるようになった大切な人の名前を、何度も。


街路《がいろ》に足を下ろし、カティヤは軽く伸びをする。

馬車に乗って二時間ほど、ようやく目的地に到着した。

長距離移動用に誂《あつら》えられた馬車とはいえ、やはり狭い空間で座ったきりとなると、少しばかり腰周りに鈍痛がある。ユスティーナ領に張り巡らされた街路は、交通の便を図るために、舗《ほ》装《そう》するか均《なら》されているのだが、それでも大変だった。

これででこぼこ道を二時間進む、などだったらと思うとぞっとする。祖父の慧眼《けいがん》にさらなる感謝を捧げながら、カティヤは日傘を差した。

足下に影が落ちる。草木の青い匂いが鼻腔《びこう》を突き、少し暑気を孕んだ空気が、カティヤのドレスを柔らかく弄びながら、流れていく。空は水を張ったような美しい青色をしていて、どこまでも澄んでいた。

ユスティーナ領にも、本格的な夏がやってきたのだ。

前世の日本に比べると、ユグドラシルの夏は湿度が低い分、幾分《いくぶん》か楽だ。

この世界には魔法もあるので、それを駆使したら周囲の気温を下げることも出来る。

といっても、常時魔法を発動する――というわけにもいかないので、快適に過ごせるかは暑さに対する耐性にもよるだろう。

「良い天気……！」

「そうですね……、カティヤ、暑くなったり、辛くなったりした時は、いつでも俺を頼ってください。多少心得があります」

「ありがとうございます、ルジェク。でも今のところは大丈夫です！」

カティヤの傍で、ルジェクが僅かに首を傾げる。

心配そうな表情は、カティヤが元気そうな様子を見せても変わらない。少しばかり困ったような様子で、「いつでも言ってください」と、再度重ねるように言葉を続けた。カティヤは頷く。

なんだかとても、心配されているようだ。過保護な推し、それもまた良いかもしれない……なんて思いつつ、カティヤは出来る限りの笑みを浮かべてルジェクを見た。

「ありがとうございます。その時はお願いしますね。――それでは、視察に向かいましょうか」

「はい。確か、水場が枯れかけている……という話でしたね」

「そうなんです」

カティヤは小さく頷く。

数日前、イスティアという村から上がってきた陳情書《ちんじょうしょ》の内容を思い返す。

イスティアの、村民が使う井戸の水が日に日に少なくなっている。近い内に枯れるかもしれない、とのことである。

恐らく井戸に取り付けている魔法道具が寿命を迎えたせいなのだろうが、これから暑さが厳しくなる季節に水源の確保は一番の問題である。

すぐにでも状況を改善するためにも、と多忙な父に代わってカティヤが視察に向かうことになった。それに、ルジェクも付いてきてくれた――というわけである。

カティヤは歩き出す前に、ルジェクの手に指先を重ねた。すり、と手袋の上から指を撫でるようにして、ゆっくりと絡める。

ルジェクが眦を赤くして、カティヤ、と吐息と共に名前を呼んだ。諫《いさ》めるような、けれど僅かに喜びに震えた声に目線だけで返し、カティヤは今度こそ足を踏み出す。

ルジェクが来たばかりの頃にも一緒に領内を視察した。その時も同じように手を繋ぎ、共に街を歩いた。だが、以前と今日とで、明確に二人の関係性は変わったように思う。

あの夜——ルジェクが泣きながら、カティヤの名前を呼んでくれた日から、二人の距離はぐっと縮まった気がする。

繋いだ手の熱を感じながら、カティヤは視線を動かして、周囲を見つめる。

先日の視察では、カティヤ達の屋敷の近く、いわゆる都会的な場所を歩いたが、今日は牧歌的な風景が広がる、静かな場所を歩くことになる。

ユスティーナ領は縦に長く、いくつかの街や村が存在する。今日訪れたイスティアは、カティヤが幼い頃、よく父親に連れられてきた村でもあった。

少数の人々が肩を寄せ合って暮らすような村だ。それもあってか、子どものカティヤが父と連れだって行くと、必ずと言って良いほど猫可愛《ねこかわい》がりされたものである。カティヤの紋章痕が美しいこともあいまって、拝《おが》む人も居たくらいである。

(——しかも、この近くにある花畑が、雪奏《ゆきかなで》の群生地《ぐんせいち》なんだよなあ……)

雪奏というのは、寒い時期に咲く花のような名前に見えるが、その実、暑い季節にのみ花を付ける。

白い小ぶりの花が地面を覆《おお》い尽くす様が、まるで雪が降った時の様相《ようそう》に似ているから「雪」、そして「奏」という字は——。面白いことに、この花は風に揺れた時に音を鳴らすのだ。

りん、りん、と静かで硬質《こうしつ》な鈴の音にも似たそれは、雪奏の花弁《かべん》の形が特徴的であるため、風が通った時のみ、発せられる音なのだと言われている。まるで花が音を奏でているようにも見えるから、奏。合わせて、雪奏、と言うらしい。

雪奏は、多くの病気や怪我に効くいわゆる万病薬《まんびょうやく》として知れ渡っていて、高い価値を持っている。

その群生地が、カティヤの父が買い上げた領地の中に含まれているとは、僥倖《ぎょうこう》ここに極まっている。運が凄く良い。

何故、そんな希少な花の咲く場所を知っているのかというと、答えは簡単だ。

雪奏の群生地は、主人公リーリヤがとあるキャラクターのルートで偶然見つける場所だからだ。前世、何度も繰り返しゲームをプレイしていたからこそ、覚えていたのである。

領内視察が終わったら、少し探しに行くことにしよう。

頭の中でこれからの予定の算段をつけながら、カティヤは小さく息を吐く。視察をすること自体は既に数日前から伝えていることもあり、どうやらカティヤ達の訪れを待っていてくれたらしい村長が、カティヤを見つけて深々と頭を下げた。

「カティヤ様、お越しくださり誠にありがとうございます」

村長は顔を上げる。カティヤをじっと見つめ、懐かしむように目を細めた。

「大きくなられましたね。久しぶりにお会い出来たことを、嬉しく思います」

「……本当に、お久しぶりです」

カティヤは村長に微笑みかける。イスティアの村長は、幼いカティヤが村を訪れた時に可愛がってくれた内の一人だ。他にも知り合いはいるが、イスティアの村は小さく、出稼ぎのために外へ行く人も居る。懐かしい顔ぶれを探しそうになって、カティヤは首を振った。

今日は視察として、ここへ来ているのだ。早々に事態を解決することが先決である。

「来るのが遅くなってしまって……大変でしたでしょう」

カティヤの言葉に、村長は困ったような笑みを浮かべる。

肯定は出来ないが、否定も出来ない、といったところなのだろう。早速、枯れかけているという井戸の方へ向かう。

魔法道具を使い、水をくみ上げている井戸は、よほどのことがない限り枯れることはない。

だが、カティヤが井戸を覗いてみると、確かにこれは危惧するべき水量になっていた。このまま放置されていたら、村民は日常生活を営むことすら難しくなっていただろう。

井戸のちょうど縁の部分に埋め込まれている、くみ上げのための魔法道具を見てみると、どうやら動力源となる魔法石が欠けている。寿命が来て、もろくなっていたのだろう。

恐らくこれのせいで、地下からの水のくみ上げ機能が上手く回っていなかったのだ。魔法石の付け替えが必要だ。

ルジェクへ視線を向ける。カティヤと同じことに気付いたらしいルジェクが、軽く指を振った。瞬間、何もないところから小さな鞄のようなものが出てくる。ルジェクの魔法によって、収納されていた鞄だ。

イスティアへ向かうにあたって渡されたもので、中には魔法道具や魔法石の類いが入っている。盗まれたらとんでもないことになるので、ルジェクに持っていてもらったものだ。

欠けた魔法石はもう使いものにならない。鞄を開いて石を取り替える。

こういった人々の生活に直結していて、価値の高いものが使われている魔法道具に関しては、ユスティーナ子爵の血族しか操作が出来ないようになっている。

他の誰かに任せることは出来ないため、多少不便だが、それもあって高価な魔法道具が盗まれることも、魔法石が勝手に取り替えられることもないので、そこには目を瞑るしかないだろう。

もっと領地が大きかったりしたら、また違った方法が取られていたかもしれないが。

カティヤは小さく息を吐いた。

取り付けられた魔法石が僅かに光り、井戸の底でこぽ、こぽ、と水をくみ上げる音が聞こえてくる。

「うん、これで大丈夫です。もう少し経ったら、井戸が使えるようになると思いますよ」

「——ありがとうございます」

村長が頭を下げる。カティヤとしては領主の娘としての責務を果たしただけだ。首を振りながら笑いかける。

そうしていると、カティヤとルジェクの行動を遠巻きにして見ていた子ども達が、わっと駆け寄ってきて、「もうお水我慢しなくていいの？」と声をかけてくる。

恐らく、修理が終わるまで、水の使用制限がかけられていたのかもしれない。

そう思うと、本当に早く来て良かった。誰かに任せる行程を踏んでいたら、と思うとぞっとする。

——実際、ゲームでは、イスティアの村は廃れていた。

リーリヤ達が雪奏の群生地を見つけた時に、近くにある、寂れて人の住んでいない廃村の描写が一行だけ差し込まれる。

恐らく、この村は人が住まなくなる予定だったのだ。廃村に至るまでの原因は記載がなかったが、今回の件がつまり——理由の一助を担《にな》うのだろう。

ゲーム中のカティヤは傍若無人《ぼうじゃくぶじん》がドレスを着て歩いているような印象のキャラクターだった。

そんな存在が、父から領地視察を頼まれたところで行うかどうか、という話になってくる。

本当なら、イスティアの話を聞いた時、カティヤは提案を突っぱねるべきだったのかもしれない。

ゲームでは廃れた村をこうやって助けることで、ストーリーが狂うことは簡単に想像が出来る。

ただ、それでも、放ってはおけなかった。

「——大丈夫、もうお水は我慢しなくて良いですよ。沢山飲んでください」

「よかった！　あのねぇ、わたし、凄く喉がかわいてたの……」

カティヤを囲う少女が頬を赤らめて言う。

井戸に向かう子ども達を眺めてから、カティヤはゆっくりと息を吐いた。

……ストーリーが狂うかもしれない、
けれどそれでも、したことを後悔することはないだろう。

井戸から離れて、カティヤは木の陰に体を預けながら、じっと村を見つめる。

そうしていると、ルジェクが「カティヤ」と優しく声をかけてきた。

「どうかされましたか。ぼんやりされている、みたいですが……。疲れたようなら、俺にもたれてくださいね」

「ああ。いえ、すみません。その、懐かしいなあと思って。私、小さい頃よくここに来ていたんです」

「ここに？」

カティヤは頷く。

そうして、父に連れられて領内視察のために、イスティアによく訪れていたということを話した。

ルジェクはカティヤの話を最後まで聞いて、それから優しげな笑みを浮かべた。

「懐かしい。その頃、年の近い男の子がいて……、その子に花の指輪を作ってもらったこともあるんです」

「……指輪、……ですか？」

「はい。大きくなったら結婚してね、って言われて」

あの少年はどうしているだろうか。もう昔の記憶すぎて、あまり覚えていない。

そもそも、カティヤは八歳の頃に前世のことを思い出してからというもの、前後の記憶が少しばかり曖昧《あいまい》になっている。子どもの脳に、二十数年の人生を一気に詰め込まれたのだから、それも仕方無いことなのかもしれないが。

「……その人を、捜して、いるんですか？」

「捜して……とまではいかないですけれど、いるかなあ、とは思いました」

別に見つけたからと言って、結婚の約束したよね！　なんて迫ることは一切考えていない。

ただ、幼い頃の時間を多少なりとも共有した相手を、なんとなく探してしまっていただけだ。

それにもし会えたとしても、カティヤの頭の中であの時の輪郭はおぼろげになっているので、きっと気づけないだろうけれど。

小さく笑うと同時に「……カティヤ」と静かな声が返ってきた。

見ると、少しだけ表情を硬くしたルジェクが、カティヤを見つめている。

「幼い頃の約束は素晴らしいものと思います。ですが、本当に——本当に申し訳ありませんが、その子との婚約は破棄してください」

「えっ」

唐突に何を言い出すのだろうか。

カティヤは僅かに顎を引く。

婚約を破棄？　子どもの頃の約束である。婚約を破棄します！　とカティヤが宣言せずとも、既に破談になっているだろう。

呆けてしまうカティヤを見て、ルジェクが少し視線を揺らした。そうして、お願いです、と囁くように言葉を続ける。

「カティヤの夫は、……俺です」

言い切られた言葉にカティヤは瞬く。

そうしてから、思わず小さな笑い声が喉から零れてしまうのを、抑えきれなかった。

ルジェクは少しばかり驚いたような様子で、急に笑うカティヤを見つめる。

多分——そう、本当に、本気で言っているのだろう。

独占欲のような、嫉妬のような——そんな、少しばかり焦がれるような声に、カティヤは首を振る。そうしてから、ルジェクを見つめた。水色の瞳と目が合う。

……今は、カティヤのことを気にしてくれているけれど、リーリヤと出会ったら、きっとルジェクはリーリヤのことを好きになる。

だから多分、こういうのは今だけだ。——今だけ、だから。

ちょっとだけ、嬉しく思っても良いはずだ。

「そうですね。私の夫は、ルジェクです。幼い頃の約束は、ここで婚約破棄させてもらうことにしましょう」

声が僅かに弾む。ルジェクが恥ずかしそうに視線を揺らした。

「……カティヤ、その、笑わないでください……」

「ごめんなさい。まさかそんなことを言われるなんて思ってもみなかったんです」

一度零れてしまった笑いは、なかなか止まりそうにない。

喉の奥から落ちていきそうなそれを必死に抑え込みながら、カティヤはルジェクに寄り添う。風が吹いて、木の梢が重なる度に音を立てるのが聞こえた。

風の動きによって、遊ぶ髪を指先で押さえながら、カティヤはルジェクを見つめる。

すぐに水色の視線と重なった。頰が僅かに赤い。照れているのだろう。小さく笑って、カティヤはその頰に指を伸ばす。

触れた指先から、いつもより少しだけ高いルジェクの体温が伝わってきて、カティヤはまた笑った。

指先を温める熱が、愛おしくてたまらなかった。

「カティヤ、貴女のことに関してだけ、俺は少し……我慢が利かないようです」

「ふふ。幼い頃に交わした結婚の約束すら、許せないくらいに？」

「――はい」

ルジェクは観念したような顔で頷いて、それから困ったように笑う。

その笑みに返すように、カティヤも同じように相好を崩した。

二人で顔を近づけて、小さく笑い合う。

零れる吐息が、お互いの間にある温かな感情を示すように、柔らかな熱を伴っていた。

少し待って、井戸が復活したのを確認した後、カティヤは目的の一つでもあった雪奏の群生地に向かうことにした。

ゲーム内の情報、並びに設定資料集に載っていたユグドラシルの地図情報によると、そう遠くないところにあるはずである。

「ルジェク、少し見に行きたいところがあるんですけれど、良いですか？」

「もちろんです。どこへ行くつもりなのですか？」

「うーん……凄いところです」

「凄いところ？」

ルジェクが首を傾げる。カティヤは頷いた。

まさか雪奏の群生地、と言うわけにもいかないし、かといって花園、なんて答えたら、先ほど口にした幼い頃の約束と結びつけて、ルジェクがしょんぼりと落ち込んでしまうかもしれない。

もの凄く抽象的だが、これ以上の形容詞をカティヤは持ち合わせていなかった。

ルジェクは一度、二度と瞬くと、それから「凄いところ……ですか。楽しみです」と、柔らかな笑みと共に言葉を続ける。

どうやら深く尋ねてくる様子はないようだ。

カティヤは頷いて、それからルジェクの手を引き、村から離れるように足を動かした。

頭の中でユグドラシルの地図をこねくり回す。

ゲーム中では廃村としてイスティアの描写があってから、少し歩いたところで主人公達は群生地を見つけ出していた。なのでそう遠くまで歩かず、見つけられるだろう。

街道から森の中に足を踏み入れる。野生動物の鳴き声や、足跡が多少地面に残されているのが見えた。

ルジェクからしたら、領内視察が終わった後でまさか森に入ることになるとは思ってもみなかっただろう。文句を言われても仕方無いと思うが、ルジェクはそういった不満や不平の一つも漏らさない。

ただ、眩しげに木漏れ日の落ちる森の道を眺め、「転ばないように気を付けてくださいね」と穏やかに声をかけるのみである。

度量《どりょう》が広い。流石推し。

「カティヤ、もし目的地までの道筋がわかっていて、歩き慣れていないなら、俺が貴女を抱き上げますから、言ってください。それと、一応ではありますが野生動物に出くわさないように簡易的な防御魔法を使いました」

「ありがとうございます。すみません、色々と……。むしろ、ルジェクこそ疲れたら言ってくださいね。急にこんな山道に連れてきてしまってすみません」

「いえ、俺は……、カティヤとならどこへ行くにしても……幸せで。ですから、大丈夫です」

ルジェクは少しばかり迷うような間を置いて、囁くように言葉を口にする。

視線を向けると、照れているのか、頬がほのかに赤みを増しているのが見えた。

なんだか、出会ったばかりの頃と比べると、表情が増えた——と、カティヤは思う。

貼り付けるような笑みが、少しずつ崩れていっている、と形容すれば正しいかもしれない。

ルジェクが奥底に隠していた、本心のようなものに、触れさせてもらう機会が増えたかのように思えて、カティヤは首を振る。

駄目だ。勘違いしてしまいそうになる。

ルジェクは、カティヤの前を去るのだ。カティヤがすることは、ルジェクを健やか推しに育て上げることだけ、なのに。

そんなことを考えている内、不意にりん、と静かな音が聞こえてきて、カティヤは顔を上げる。

ルジェクも先ほどの音を聞いたのだろう。少しばかりの驚きを表情に滲ませながら、「音が……」と囁くように続ける。

一度聞こえると、静かな森の中でその音はひどく清らかに響く。りん、りん、と鳴る音に急かされるようにして、カティヤは木々の間を抜けた。

瞬間、目の前に雪原が広がっているかのような錯覚を覚える。

木々を抜けた先に平地が広がっていて、そこにはカティヤの想像通り、雪奏が身を寄せ合うようにして大量に咲いていた。

広さはカティヤの屋敷の庭園の半分を覆ってしまいそうなほどである。ここまで大量に咲いている雪奏を見る機会なんて、そうそうないだろう。

「ここは……これは、魔法植物の雪奏、ですか？」

ルジェクがすぐに音を発していた正体に気付いて、小さく息を呑む。

暑さを忘れてしまうような光景を前に、カティヤは小さく頷いた。

風が通りぬける度に、静かな鈴の音が響く。薄いガラスを撫でた時のような、そんな硬質で、涼しげな響きを伴う音だ。

前世、夏になると窓際につけていた風鈴を思い出す。軽やかな音は涼しさを生んでいた。

なんだか懐かしさを覚えながら、目の前の幻想的な風景を、目に焼き付けるようにしてカティヤは見つめる。

「……凄いところ、ですね」

ルジェクが吐息を零すようにして音を出す。カティヤはゆっくりと頷いた。

イスティアの村は、少人数が身を寄せ合うようにして過ごしている。

ユスティーナ領でも端の方にあるため、ここに訪れる人はあまり居ない。だからこそ、雪奏が今日まで見つからずに沢山の花を咲かせることが出来たのだろう。

一拍、二拍、とカティヤは呼吸を置いて、それからルジェクへ視線を向ける。

カティヤと同じく目の前の光景に心を震わせていたらしいルジェクは、けれどすぐにカティヤの視線に気付いて水色の瞳を向けて返した。そうして、困ったように笑う。

「カティヤは俺にいつも驚きをもたらしてくれますね。こんなにも雪奏が咲いているところを見るのは、初めてです」

舌先で零れ落とすような、そんな声量で言葉を続け、ルジェクは一息を置く。柔らかな喜色が、その眼差しを綻《ほころ》ばせるのが見えた。

「……共に見ることが出来て、嬉しく思います。本来なら、これはユスティーナ領でも極秘の場所なのでは？」

「極秘……というより、結果として極秘になっている、という方が正しいかもしれません。イスティアはあの通り、住民が少ないんです。ですから、こうやって雪奏が咲いていても、噂《うわさ》になることがない、というか」

そもそも、この場所に来る人がいるのか、という話にもなってくるだろう。

基本的に野山に入るのは安全面の意味で子どもは難しいだろうし、大人は他の仕事をしている。

「それは……、……もし、この広場が他の村の人々や、他領の領主に見つかったら、恐らく理由をつけて領地を取り上げようとするでしょう」

「領地を？」

「はい。イスティアの村も、今のままでは居られなくなる。略奪行為が起こる可能性も――。ですから、カティヤ、俺にお礼をさせてください」

ルジェクは僅かに呼吸を零す。そうしてから、指を軽く振るった。瞬間、カティヤ達の周囲を風が通り抜けて、涼やかな音色が響いた。

何をしたのだろうか。お礼、とは。思わずカティヤはルジェクを見つめる。ルジェクはゆっくりと息を吐いた後、カティヤを見た。

「この周辺に、この場所がわかりづらくなる魔法をかけました」

「……え！」

「ただ、安心して頂きたいのですが、イスティアの村の人々や——元々、この場所を知っている人ならば、すぐにここへ辿り着けるようにしています。ですがそうでない人々や、この場所を見たこともなく、知らずにやってくる人は、迷うようにしています」

そんな魔法があるのだろうか——と考えて、カティヤは小さく顎を引く。

ルジェクなら出来るのだろうな、とすぐに理解が及んだ。

ルジェクは何でも出来る。それはルジェク自身が努力を重ね、絶え間なく練習を繰り返した経験が裏打ちをしている。

思わず呆けてしまうカティヤに、ルジェクが微笑みを向ける。

「カティヤが幼少期を幾度となく過ごしたイスティアの村が、他の何からも侵されないように、俺にも少しだけ手伝わせてもらいました」

「ルジェク……」

「……お礼になる、でしょうか」

少しばかり不安げな声に、カティヤは息を零すようにして笑う。そうしてから、ルジェクに身を寄せた。

イスティアの村が存続する、ということは、雪奏の群生地であるこの場所が見つけられる可能性が高まる、ということである。

そうなった時、折角廃村になるのを抑えることが出来たのに、雪奏のせいで平穏が盗まれるようなことがあってはたまらない。

——ルジェクは守ろうとしてくれたのだ。カティヤが愛おしむ、このイスティアという村を。

ルジェクが魔法をかけたこともあって、もしかしたら主人公の進む攻略ルートを一つ潰してしまったかもしれないが、それはもう許してもらうことにしよう。

それに、多分主人公はルジェクのルートに進むはずだ。

ゲーム中、ルジェクとリーリヤは強制イベントで出会う。出会ってしまったら、きっと、リーリヤは彼を好きになるだろう。

だって、こんなにも——こんなにも、素敵な人なのだから。

ルジェクルートに進めば、雪奏の群生地であるこの場所に訪れることは、絶対にない。だから問題はないはずだ。

脳裏でぐるぐると考えながら、カティヤは滲む笑みをそのままにルジェクを見つめる。

「ありがとうございます。凄く、凄く嬉しいです」

「いえ、――お力になれたなら、良かったです」

囁くように言葉を続けて、ルジェクはカティヤ、と優しい声で名前を呼ぶ。

「……もう少しだけ、ここに……カティヤと二人でいたいと、思ってしまいます」

「奇遇ですね。私もです」

カティヤが驚いたような声を出すと、ルジェクが小さく息を零すようにして笑った。カティヤはそろ、とルジェクの指先に触れる。

微かに熱を帯びたそれに指先を絡めると、同じようにルジェクも指を絡めてきた。

ルジェクはカティヤを見つめたまま、静かに言葉を紡ぐ。

「今後、俺は雪奏を見る度に、今日のことを思い出すのだと思います。カティヤと共に見た、この場所を。カティヤの傍にいると、そういうことが増えていきます。きっといずれ、俺は何を見てもカティヤとのことを思い出すようになるのでしょうね」

少しばかり困ったような――けれどそれ以上に、優しさの滲んだ声だった。

「カティヤもそうだと、……そう思ってくれていたら、……俺は、嬉しいです」

言外に問いかけを含んだような、そんな声だった。

カティヤはルジェクを見つめて、そうして小さく笑う。

「私も。——私も、きっと、そう思います。何かを見る度にルジェクのことを思い出すのだと」

「カティヤ」

静かな声が耳朶を打つ。カティヤが視線を向けると、思ったよりも真剣な表情をしているルジェクと目が合った。

ルジェクの左手が、そろ、とカティヤの頬に触れる。

壊れそうなものに触れるような手つきだったので、カティヤは思い切りルジェクの手に自身の頬をこすりつけた。ルジェクが少しだけ驚いて、それから泣きそうな顔で笑う。

「カティヤ、貴女に、……触れたい、です」

「もちろん。どうぞ」

好きなところに触れてほしい。

頷いて返すと、ルジェクは小さく息を呑んで、そのままカティヤの頬から顎にかけて指先を動かした。少しだけくすぐったい。

顎の下をすり、と撫でた指先が、そのまま口元に向かう。カティヤの柔らかな唇を辿るように、ルジェクの指先が動いた。少しだけ厚い皮膚が、唇越しに感じられる。

カティヤが驚いて、息を止めている間に、指先はゆっくりと離れる。

先ほどカティヤの唇に触れていた指先で、ルジェクは自身の唇に触れる。

ゆっくりと、カティヤの唇の体温を、自身の唇にこすりつけるように。

「……え？」

カティヤは小さく息を呑む。それは、目の前で行われた行為が、とんでもない艶《なま》めかしさを伴っていたからに、他ならない。

俗に言う、間接キスにも似ている。

ルジェク、と呼ぶ声が掠《かす》れる。ルジェクは指先をゆっくりと離すと、カティヤを見て柔らかく微笑んだ。

「そろそろ、行きましょうか」

「——は、はい」

さっきのは一体何、と問いかけることの出来るような雰囲気ではなかった。

唐突な話題転換をやってのけられ、カティヤはこくこくと頷いて返す。ルジェクが微笑んで、優しくカティヤの指先に触れた。


それから、カティヤは家に帰るまで、ほとんどルジェクと会話が出来なかった。

ルジェクは何かを話してくれていた気がするが、何よりも先ほどの、まるで間接キスのような行為がカティヤの頭を巡り続け、あまりしっかりとした返事は出来なかったように思う。

父にイスティアでのことをルジェクと共に報告し、そうしてからカティヤは自室に戻った。

ほとんど倒れ込むように、ベッドに横になる。

なんだあれ。なんだあれは。

「ま、魔性過ぎる……」

あんなことされたら、ユグドラシル中の人間がルジェクに狂ってしまう。

悲鳴のような声が喉から漏れる。

カティヤはしばらく、自分の脳裏からルジェクを必死に追いやるのに苦労した後、疲れ果てて眠りについた。

第4章 推しの弟

夏の盛《さか》りが少しずつ過ぎ行く頃、レーヴェンハイト家からルジェク宛に手紙が届いた。

レーヴェンハイト伯爵《はくしゃく》曰《いわ》く、最近どうしているか、両家に関することで話がしたい、とのことである。

使者としてルジェクの弟であるライルを向かわせるから、その際には、出来ればルジェクと、ルジェクの妻であるカティヤも同席してほしい、とも記載があった。

手紙には、話をするために向かう日として、七日ほど後の日付が記載されていた。

なかなかに日が迫っている。伯爵家の使者を迎えるための準備をすぐにでも始めなければいけない、と、ルジェクから話を聞いたカティヤが慌てていると、ルジェクは首を振ってその行動を押しとどめた。

「父から送られてきた公的な書状ではありますが、唐突で礼を欠いています。また、指定の日にちも近いですから、準備などは最低限で問題ありません」

ルジェクは淡々と言葉を続けると、カティヤを見つめた。

「――他に予定があるのであれば、カティヤは同席しなくても大丈夫です。何を言われるか、わかりませんから」

言外に、ライルの行動を懸念しているのがわかった。しかし、かといってルジェクとライルを二人きりにすることはカティヤの良心が許さない。

何せ、第二王子の誕生パーティーで、ルジェクを『この場にふさわしくない』と庭園に追いやり、さらにそこで罵声《ばせい》を浴びせ続けていた弟である。

使者としてくる以上、父母の前では礼節はわきまえているだろうが、それでも二人きりになったら、どのような惨事が繰り広げられるか、想像に難《かた》くない。

カティヤが同席することで、ルジェクを傷つけられる可能性が減るのであれば、むしろ喜んで出席させて頂きたい程である。

「――いえ、何があろうと、絶対に出席します！」

「カティヤ……、ですが」

「ルジェクを一人にはしたくありません！」

ルジェクはカティヤの剣幕に少しばかり驚いたような顔をしていたが、すぐに眦《まなじり》を柔らかくして頷《うなず》く。

少しだけ弱音を吐くようにして、「……もし、ライルがカティヤに対して礼を欠いた発言をしたら、すぐにでも退席して構いません」と囁《ささや》いた。

仮にもルジェクとライルは家族である。

だというのに、顔を合わせる時に緊張する関係性は、あまり健全なものではないだろう。

カティヤは思わずルジェクの頭をそろそろと撫でた後、元気づけるようにその手を握った。


そうして――約束の日は、すぐにやってきた。

カティヤはいつも通りの時間に目覚め、朝はルジェクと一緒にガゼボで食事を摂《と》ってから、すぐにもう一度部屋へ戻った。

挨拶用の――つまりは決戦用のドレスに着替えるために、である。

普段はあまり着ないが、今日は伯爵家のライルを迎え入れるということもあり、少しだけ華美なドレスを着ることに決めた。

使用人がいくつか見繕《みつくろ》ってきたものから、赤色のドレスを選ぶ。

全体にレースがふんだんにあしらわれており、袖口やレースのひだ部分に、宝石の装飾がついている。柔らかく広がるスカートは、軽く体を動かすだけでも、風を孕《はら》んで膨《ふく》らみ、美しい光沢が目を楽しませる。布地は、カティヤの父が遠く離れた国からわざわざ取り寄せた高級なもので作られている。

鏡の前で自らのドレス姿を確認し、そうしてからカティヤは頷く。

（よし！　凄《すご》い、良い感じ。悪役令嬢って感じだ！）

そう、何の話をするにせよ、普段通りの服装で挑むのはいけない。衣服とはカティヤにとって、鎧《よろい》のようなものである。

自身の格好に頷いていると、ノックの音が響いた。

返事をすると、「伯爵家からライル・レーヴェンハイト様がいらしています」と使用人が答える。

どうやらライルが来たようである。カティヤは頷いて、自室から外へ出た。

ライルは賓客《ひんきゃく》を迎える客間に既に通されているらしい。使用人によって扉が開かれ、カティヤは中にいる来客に恭《うやうや》しく頭を下げ、カーテシーの動作を行った。

室内にはライルの他に、先んじて連絡を受けたらしいルジェクの姿も見える。

大きなテーブルを囲うようにして、椅子があり、そこにおのおのが腰をかけているのが見えた。

「ご機嫌麗《うるわ》しく。ユスティーナ子爵家《ししゃくけ》を代表してご挨拶申し上げます。カティヤ・ユスティーナです」

「レーヴェンハイト伯爵家を代表してご挨拶申し上げます。ライル・レーヴェンハイトです」

カティヤが自己紹介を終えると同時に、素っ気のない声が返ってくる。

促《うなが》されるままに、カティヤは椅子に腰を下ろす。テーブルの上には使用人が用意したであろう、お茶菓子がいくつかあった。誰も手をつけていないらしく、寂しそうに鎮座している。

コップに使用人がカティヤの分の紅茶を注ぎ、そうしてから一礼をしてその場を去る。

扉が閉まるのを待って、ライルが「それで」と言葉を続ける。

「どうですか？　レーヴェンハイト家の後ろ盾のおかげで、商売の販路が広がったり、他の貴族と関係を持てたりはしているんでしょう」

あけすけな言い方である。

ルジェクが「ライル」と諫《いさ》めるように名前を呼ぶが、ライルはその声を振り払うように軽く手を振った。右手に紋章痕《もんしょうこん》が見える。ルジェクと違い、ライルは紋章痕を隠していないようだ。

それどころか、紋章痕が目に入りやすいように、指輪のような装飾品を使って目立たせている。

ライルの紋章痕は、柔らかな形をしていた。直線ではなく、曲線で形成されたそれは、どことなく優美さを感じさせる。

でも性格は美しくないな、とカティヤは内心鼻を鳴らす。

「そうですね。おっしゃる通りです。レーヴェンハイト家のご威光に感謝いたします」

「そう。よくやってるんですね。貴女《あなた》のお父上は取り入るのが上手いんでしょう。流石《さすが》、商人上がりですね」

ライルは嘲笑《ちょうしょう》するように言葉を続けた。全くもって喜んでいるとは思えない態度である。

実際、商人上がりの子爵家が大成しているのは、ライルからしたら鼻持ちならないのかもしれない。特に、兄であるルジェクが幸せそうにしているなら、なおさらだろう。

「別に用があるっていうわけでもないんです。父が様子を見てこいと言ってきただけで。両家の円滑な関係のためにね」

　言いながらライルは椅子の背にもたれかかる。右手の紋章痕を左手の指先で撫でながら、雑談のように言葉を続ける。

「ああ、そう、頂いたお金についてですけれど、あれはレーヴェンハイト領の立て直しに使いました。恥ずかしい話、『腐《くさ》り根《ね》』を産んだせいで、他の高位貴族から少しばかり疎遠《そえん》にされていましたから、資金繰りの目処《めど》がつかなかったんですよ」

「……」

「ユスティーナ子爵も、大変ですね。『腐り根』が家に入るというのは、文字通り家門を腐らせていくようなものですから」

　完全なる侮辱である。それも、ルジェクに対しての。カティヤは思わず眉根《まゆね》を寄せる。

　少しばかり文句を言っても良いだろうか、良いだろう、よし良いはず――！

　心の中ですぐに自身の理性を説《と》き伏《ふ》せ、カティヤはじっとライルを見つめた。

　ライルはカップに手を伸ばし、紅茶で唇を濡らしてから、焦らすようにカティヤを見る。

「どうかされましたか？」

「――私の夫を侮辱するのは止めて頂けませんか？」

「ああ、失礼。ですが、貴女の夫である以前に、俺の兄でもあるんですよ」

ライルは全く失礼と思っていない顔で笑う。

そうして、ルジェクをちらりと見つめた後、すぐに視線を逸《そ》らした。ゴミか何かを目に入れてしまった、とでも言いたげな表情を浮かべ、けれどそれが、すぐににこやかなものになる。

「母からも父からも疎《うと》まれていた存在です。それがあんな大金になるだなんて、思ってもいなかったので。どうですか？　使い心地《ごこち》は」

「――え？」

「当然、もう体は重ねたんでしょう。それくらいしか使いようのない兄ですから。顔だけはいいですしね。ああでも、子どもが出来たら大変ですね。腐り根は遺伝しますから」

「――ライル！」

カティヤが言葉を遮るよりも先に、ルジェクが強く言葉を続ける。怒りを滲《にじ》ませた声だった。

「ライル、お前は自分がユスティーナ子爵家に対して、とてつもない侮辱をしていることを理解しているのか？　それ以上はやめなさい。そしてすぐにカティヤに謝罪をするんだ」

ライルが一瞬だけ呆《ほう》けた顔をして、それから小さく笑う。

「謝罪？　どうして？　俺はお前のことしか言ってないだろ。使い物にならない兄が、ようやく使い物になって喜んでいるんじゃないか！」

ライルはルジェクの言葉に首を振って返すと、唇の端に笑みを浮かべながら、おどけたように言葉を続けた。

「なあ——兄さん。どうしたんだよ。これくらいのこと、ずっと言われてきたじゃないか。急に怒るなんてさぁ……冗談だよ。冗談。ほらほら、笑いなよ、いつもみたいに」

ねえ、とライルが自身の頬《ほお》を指先で押し上げるようにして笑う。

カティヤは小さく息を呑んだ。

そうしてから、ああ、と思う。

あの貼り付けたような笑みは、こうやって作り上げられたのだろう。

カティヤにとってドレスは鎧だ。ルジェクにとっては、笑顔が鎧だった。

その鎧が少しずつ少しずつ剝《は》がれて、ようやく健《すこ》やかな推しになってきたのに。

それなのに、ライルは、カティヤが足跡をつけないように歩いてきた道を、土足で踏み荒らしてしまう。

そうして、いつもみたいに笑え、とルジェクの心を石のようにさせてしまうのだ。

——同席して良かった。

カティヤは小さく息を吐く。

ルジェクをこの人と二人きりにさせていたら、きっと後悔してもしきれなかっただろう。

カティヤが居てこれなのだから、ライルと二人きりだったら、さらに——さらに、酷い言葉を重ねられていたに違いない。

さて、無礼を働いたライルには、早々にご退席願うことにするとして、あとはその方法である。

ルジェクをからかうのに心血を注いでいるような弟である。普通に退席を迫ったところで、確実に言葉通りの行動はしないだろう。それどころか、さらに茶化《ちゃか》してくるかもしれない。

なら、どうするか。

ライルが再び茶化すように笑い、そうしてからカティヤを見る。何を考えたのか、突然、カティヤの右手を取った。拒否する暇《ひま》もなく、ライルの指先がカティヤの紋章痕を辿《たど》るように動く。

「それにしても、商人上がりにしては、綺麗な紋章痕をしている。豊穣《ほうじょう》と言われているのが理解できるな」

紋章痕を撫でられた瞬間、ぞわ、と背筋が粟立《あわだ》つような感覚を覚えた。

ルジェクが「ライル、やめるんだ」と静かに言葉を続けるが、ライルは聞き入れない様子で、カティヤに向かって笑みを深める。

「兄さんに飽きたら俺が遊んであげるよ。こいつと子どもを作るより、俺と作った方が良い。俺なら子どもの紋章痕も――」

ライルが言葉を言い切る前に、カティヤはライルの手を振り払い、右手でドレスのレースを握り締めた。

魔法を発動する。カティヤの紋章痕が光り、右手に風魔法が集まった。

そのまま、カティヤはドレスを千切《ちぎ》るように渾身《こんしん》の力を込めて右手を動かす。魔法を纏《まと》った指先は、まるで紙を裂くように布地を切り裂いた。

レースが引きちぎれ、衣服が破れ、宝石が飛ぶ。上半身の半分があらわになり、下着が衣類の隙《すき》間《ま》から覗いた。

ライルが「は？」と声を上げた。

当然である。目の前でカティヤのドレスが唐突にビリビリになったのだから、反応としては正しいだろう。

だからこそ、カティヤは笑みを浮かべてライルを見つめる。

「今、ここで、私が悲鳴を上げたら、使用人が飛んできますね」

「――は？」

「そうしましたら、私、ライル様に服を引き千切られた、と言います。そうなったら、両家の関係は悪化するでしょうね。父からの、――レーヴェンハイト家に対する援助も、なくなるかもしれません」

事の次第を理解したのだろう。

ライルが驚いたように息を呑む。そうして、「本気？」と声を上げた。

ルジェクが一拍遅れて、慌ててベストを脱いでカティヤにかぶせようとする。

「カティヤ、肌が。これを……！」

「大丈夫です、ルジェク。――ライル様、私は言いました。夫を侮辱しないでください、と」

「……」

「聞いて頂けないのなら、実力行使に出ることしか出来ません。夫をこれ以上おとしめず、この場からご退席願えるようでしたら、私も悲鳴を上げることはいたしません」

いわゆる脅しのような物言いである。

だが、そもそもライルが先に礼を欠いてきたのだ。

ならば、カティヤも礼を尽くす必要はない。ドレスに関しては父親に後ほど謝るとして、状況を理解したら僅《わず》かではあるが恩情をもらえるはずだろう。もらえなかったらその時はその時だ。父親の言い渡す罰を粛々《しゅくしゅく》と受け止める覚悟は出来ている。

「いかがいたしますか？」

「……おかしいよ、お前」

「かもしれません。ですが、大切な人を侮辱されて、平常心で居られるほど寛容ではありませんので。――次、挨拶の機会があるのであれば、その時は是非、夫を侮辱せず、本来の意味で歓談出来ることを楽しみにしています」

ライルが首を振って立ち上がる。どうやら退席してくれるようである。

笑みを浮かべて「お見送りが出来ず申し訳ございません」と声をかけ、足音粗《あら》く扉から出て行くライルの背中を見送ってから、カティヤは小さく息を吐いた。

恐らくブランシュがライルを見送ってくれるはずだろう。流石にこの格好ではカティヤは客間の外に出られないし、ルジェクはカティヤの傍《そば》にいることを選択したようで、一歩も動こうとしない。

ちょっと——どころでなく、大胆な行動をしてしまったかもしれない。

あくまで相手の立場が上であるということを念頭に、この場をどうにかして収めようと思うと、ああいう風にしか出来なかった。

カティヤが舌戦《ぜっせん》したところでライルは永久にルジェクに対する罵詈雑言《ばりぞうごん》を口にするだろうし、下に見ているカティヤに対しても、そうするだろう。

心臓が緊張と興奮で、強く鳴る。それを必死に抑えながら、ずっとカティヤにベストを差し出していたルジェクに近づく。

「すみません。実力行使に出てしまいました」

「——カティヤ、自分に魔法を使ったのですか？」

「そうです。ドレスだけを破るのは、私の力では難しいので……」

風魔法によって細切れにされた布地が床に落ちている。

力加減をもう少し間違えたら、今頃血みどろの大惨事《だいさんじ》になっていたかもしれない。

鎖骨の辺りを撫でながら、怪我をしていないかを確認して、カティヤはほっと息を零す。そうしてから、じっとルジェクを見つめた。

ルジェクははだけたカティヤを見ないように視線を逸らしていたが、ゆっくりと目を閉じ、そうしてから水色の瞳でじっとカティヤを見つめてきた。

「……このようなことは、もう二度と、しないでください」

「ルジェク……」

「お願いします。……俺は、俺が侮辱されることは、良いんです。けれど、俺のせいで、カティヤ、貴女が傷ついたら、俺は正気を保てない。狂ってしまいそうになる」

「それを言ったら、私だって同じですよ」

カティヤは首を振る。そうしてから、今にも泣き出しそうなルジェクに手を伸ばした。

頬を撫でると、ルジェクの喉仏が上下する。眦を赤くしたルジェクが、カティヤ、と掠《かす》れた声で名前を呼んだ。

「私も、ルジェクが傷ついたら、ちょっと……そう、色々としてしまう！　ので」

「……カティヤ……」

ルジェクが僅かに息を詰めて、そうしてカティヤをじっと見つめる。

ルジェクは基本的に自分からあまり触れてこようとはしない。そして右手で触れてくることは一切なく、カティヤに触れようとする時は、おおよそ左手を使う。

つまりカティヤから触れない限り、右手がカティヤに触れようと動くことは、まずない。

その上で、触れたい時に必ず触れて良いかを尋ねてくる。

どうしてか。決まっている。

自分は他人に触れてはいけない、と思っているからだ。

だからこそ、カティヤはあえてこれまでに何度もルジェクに触れてきた。

その手を取り、体を抱きしめ、頭を撫でた。ルジェクが少しでも、自分の意思で誰かに触れようと思えるように、と祈りを込めて。

カティヤはルジェクの手を見つめ、それから目を合わせた。そうして、少しだけ笑みを浮かべながら首を傾げて見せる。

「ルジェク、私は、ルジェクに沢山触れてほしいと思っています」

「……カティヤ」

「ルジェク。ルジェクは、私に、触れたくないですか？」

ルジェクが喉を鳴らす。そうして、首を振った。水色の瞳が僅かに揺れる。

「カティヤ、俺は、貴女に……貴女に、触れたいです。どうしようもなく、カティヤの体温を感じたい」

「どうぞ！」

ぱっ、とカティヤが腕を広げると、ルジェクは頬を赤らめたまま、カティヤの体に手を回してきた。そうして、熱の灯った吐息を零し、「カティヤ」と囁くように続けた。

「俺は、……俺は、ずっと、どうしようもなく、怖くて……、お恥ずかしい話ですが、ずっと、まるで暗闇《くらやみ》の中で生きていました」

「……」

「だからカティヤ、貴女が、……とても、とても眩しくて。俺の手を引いて、腐り根である俺に躊躇《ためら》いなく触れて、そうして優しくしてくれる貴女が。俺のことを、友人として思っていると、言ってくれたのを覚えています。無理に愛さなくて良いとも。きっと貴女は、俺のことを、本当にそう思ってくれているのでしょう」

俺は、俺のことを、とルジェクは繰り返す。そうして僅かに息を呑み、ゆっくりと言葉を続けた。

「俺は――俺は、ライルが、カティヤの指に触れた時、どうしようもなく嫉妬しました。触れるな、と叫びそうになってしまうくらい。俺は、……俺は。カティヤ、貴女のことになると、どうしても、……」

ルジェクが浅く呼吸をする。縋《すが》るような指先がカティヤの背中を必死に抱き留める。

「俺はおかしくなってしまったのかもしれません……」

「……おかしくなってないですよ。大丈夫」

「カティヤに俺以外の誰かが触れることを、許せないと思うんです。貴女に触れるのは俺だけが良い、――俺だけが、貴女の熱を知っていたいんです」

カティヤ、とルジェクは続ける。静かな声は微《かす》かに震えていた。

「どうか、浅ましい俺を、許してください。そしてどうか嫌いに、ならないでください。……カティヤに、嫌われたら、俺はもう、どうすれば良いのかわかりません」

声帯を引き絞るようにして、必死に紡がれた言葉だった。

嫌いになるはずもない。

それに、許さないことだって、ない。

カティヤはルジェクの背に手を回して、優しく撫でながら言葉を続けた。

「ルジェクのことを嫌いになるなんてあり得ません。私はいつだって、貴方のことを大事に思っています」

だから。安心して、リーリヤと出会って、——そして幸せになってほしい。

カティヤの望みは、ルジェクと政略結婚をした初日から、ずっと変わらない。

ルジェクが小さく息を呑んで、それからゆっくりとカティヤの首元に額を寄せた。

柔らかな体温が伝わってくるのを感じながら、カティヤは窓の外へ視線を向ける。

主人公とルジェクが出会う日のことを、考えながら。


夏の暑気が薄れ、少しずつ風に冷たさが混じり始める季節になった。

カティヤの元へルジェクが来てから、二つの季節を共に過ごした。

このまま秋と冬を越え、そうして、来年の春になったら、ゲームの本編が始まる頃のはずだ。つまりは、——ルジェクと、リーリヤが出会う季節が来るのである。

そうなったら、カティヤはお役御免《やくごめん》になる。ルジェクはきっとリーリヤを好きになるし、リーリヤもきっと、ルジェクを好きになる。二人の間に、カティヤは不要だ。

その時のことを考えると、胸がぎゅうっと締め付けられるような気持ちになる。

この気持ちは、二人の幸せな未来を思って嬉しくてそうなっているのか、それとも――違うものなのか。カティヤには、まだ判別がつかない。

――つけるのが怖い、というのが、気持ちとして正しいのかもしれない。

とにかく、カティヤに出来ることは、今推しと共に過ごす日々を、一日一日楽しく、笑顔で生きていくことなのだろう。

もう少し日が進み、本格的な秋になると、ユグドラシルでは豊穣祭という祭りが開催される。

ユグドラシルの恵みに感謝し、王都で沢山の催《もよお》しが行われ、屋台が軒《のき》を連ねるのだ。

平民ばかりが楽しむわけではなく、豊穣祭には貴族が参加する催しもある。

その内の一つが狩猟祭《しゅりょうさい》である。

寒くなる季節の前に、野生動物――に模した魔法動物を狩猟し、その数を競う。ユグドラシルの恵みに感謝を捧げ、そして来たるべき冬に向けて、飢《う》えることがないように祈って。

そういった意味を込め始められたであろう狩猟祭は、今ではまるで大会のような盛り上がりとなっている。

明確な点数付けがあるわけではないが、大きかったり希少性の高かったりする獲物を狩ると王族からの覚えが良くなり、さらに剣技や魔法などが卓越していると騎士としての叙勲を頂けることもある。

なので、ユスティーナ子爵家では祖父の代から参加をしている。

もちろん今年も父が参加するのだろう、と思い込んでいたカティヤは、ある朝、父親から呼び出された先で、相談された内容に閉口した。

「つまり——ルジェクをユスティーナ子爵家代表として出すんですか？」

朝早く、まだ太陽が地平線から顔を少しばかり出した頃に、カティヤは父親から手渡された書類を眺め、思わず眉根を寄せる。

そこに、今期の狩猟祭に参加するユスティーナ子爵代表の名前が書かれていた。本来ならばカティヤの父の名が記載されているであろうそこに、流麗な筆記でルジェク・ユスティーナという名前が記されている。

「そう。ルジェクくんから、自分を是非ユスティーナ子爵家代表として出してほしい、という申し出があってね」

「……それは、いつ、どのようにして決まったんですか？」

思わず語尾を持ち上げて問いかける。カティヤの言葉に、カティヤの父は目を瞬《しばたた》き、そうしてからふ、と息を零すようにして笑った。

「少し前だよ。私も出るつもりだったものだから、ならば決闘で権利を勝ち取るが良い！　と言ってみたところ、何も出来ずに負けてしまったよ。いやあ、ルジェクくんは強いねえ」

「いつの間にそんなことを……」

一切気付かなかった。いつの間にだとか、どうして出ようと考えたのだろうだとか、色々と気になるところは置いておくとして。

もう書類にサインはされているようだし、さらに言えばルジェクはカティヤの父と戦い、参加する権利も勝ち取っているようだ。

しかもなんだか、前まではルジェク様、と呼んでいたのに今はルジェクくん、と呼んでいる。勝負の中で関係性が深まったのだろうか。

いつの間に、と再度思うと同時に、ルジェクが周囲に受け入れられていることを感じられて、カティヤの胸がなんだか温かくなる。

二人の関係が良好なものになっている以上、カティヤから何かを言うことはないだろう。——一言くらい相談してほしかった、なんて思うのは、多分ちょっとした我《わ》が儘《まま》だ。

ルジェクが自分で選択し、そして行動したことを、カティヤは強く褒めるべきなのだろう。

あとで朝食の際に顔を合わせたら、もう、もの凄い勢いで頭を撫でよう。

なんて考えながら、カティヤは書類を父に返す。

父は書類を受け取りながら、カティヤへ視線を向けた。そうして「心配かい？」と僅かに首を傾げる。

「もちろん、心配です。ですが」

カティヤは、ルジェクが文武両道《ぶんぶりょうどう》・才色兼備《さいしょくけんび》・清廉潔白《せいれんけっぱく》な最高人物であることを知っている。だからこそ、カティヤはルジェクのことを信じている。

「ルジェクなら、輝かしい栄光を手にするだろうと、信じているので」

狩猟祭での栄誉、つまりは騎士としての叙勲を、ルジェクは恐らく手に入れるだろう。

これはもう『かもしれない』、ではなく、『確実』に。

だからこそ、カティヤのすることは決まっている。ルジェクを応援して——そして、どのような結果であれ、傍にいることだ。

　カティヤは笑みを浮かべる。それを受けてか、カティヤの父は一瞬だけ呆けた後、小さく笑った。

　晴れていたこともあり、今日の朝食はガゼボで摂ることになった。

　カティヤがガゼボに向かうと、既に着席していたルジェクが気付き、腰を上げる。穏やかな笑みを浮かべて「カティヤ」と優しく名前を呼んだ。

「おはようございます。今日は良い天気ですね。カティヤ、貴女と一緒に食事をすることが出来て、俺は嬉しく思います」

　さらさらと紡がれる言葉に、カティヤはルジェクの顔をじっと見つめる。

　ルジェクはすぐにカティヤの視線に気付いて、水色の瞳をそっと細めて「カティヤ？　どうかされましたか？」と穏やかに言葉を続けた。

来たばかりの頃は、痩軀《そうく》という言葉がよく似合う、本当に——本当に痩《や》せた体つきをしていた。

けれど今は、不安になるほどの体型ではない。

食事をきちんと摂り、仕事をして、よく眠っているためか、来たばかりの頃に比べると健康的な体つきをしていた。

私が育てました、の生産者表記シールを貼り付けたいくらいである。そんなことできるはずもないので、その代わりに先ほど聞いたばかりの話を、話題にすることにした。

カティヤは椅子に座り、そうしてティースタンドに置かれた食事に手を伸ばしながら、「そういえば」と言葉を続ける。

「聞きました。ルジェク、お父様を打ち負かしたんだとか」

「打ち……っ、負かした、か、どうかは、その、俺からはなんとも言えないんですが……」

「狩猟祭、出られるんですね」

カティヤが首を傾《かし》げると、ルジェクは少し咳《せ》き込《こ》んだ後、ゆっくりと頷いた。

「はい。——ユスティーナ子爵家に、貢献が出来ると良いのですが」

「ルジェクなら絶対に大丈夫ですよ！　応援していますね。そうだ、狩猟祭に先駆けて、必要なものはありますか？」

「必要なもの……ですか？」

「防具とか、武器とか！　新調したいものがあれば、是非！　用意いたします」

少しばかり勢い込んでカティヤはルジェクに詰め寄る。ルジェクは僅かに驚いたような顔をして、それから困ったように笑みを浮かべた。

「いいえ、大丈夫です。使い慣れたものがあるので、それを……」

「そうだったんですか……！　わかりました、……何か……何かしらお手伝い出来ることがあったら言ってくださいね！」

武具や防具の類《たぐ》いでは手助けが出来ないようだ。

確かに、急ごしらえで用意するよりも、使い慣れたものを使用した方が良いだろう。

推しが狩猟祭に出る、ということに関して興奮し、少しばかり気が急《せ》いてしまっていたようである。このままではまた子どもじみたところを見せてしまいかねないので、カティヤは興奮を抑えるべくゆっくりと呼吸した。

すると、ルジェクが口を開く。

「なら、お願いしたいことがあるんです。……その、狩猟祭は王都近くの森で行われますから——視察、という名目で、一緒に出かけませんか？」

「視察、ですか？」

「はい。ただ、本格的なものではありませんから、気負《きお》わないでください。俺が、……カティヤと一緒に、お出かけをしたいだけ、という気持ちの方が強いです」

カティヤは目を瞬く。恐らく、というより、完全にデートに誘われているようだ。

呆けて一瞬返事が遅れてしまう。するとルジェクはカティヤから視線を逸らし、「無理にとは言いません」と早口に続けた。

「ただ、もしカティヤの時間が取れるのであれば……、ですから、難しいようであれば断って頂いて大丈夫です。……貴女と過ごす時間をほしがっている、という俺の我が儘に過ぎませんから」

「いえ、大丈夫ですよ。一緒に出かけましょうか」

出かけるの自体、全く問題はない。

実際、視察を行い、地形を把握することで、狩猟祭の最中に有利に動ける可能性も高いだろう。

それに、カティヤ自身、ルジェクと一緒に出かけるのは楽しみだし、好きだ。

別の用事もない。この状況で、推しからの誘いを断れる人がいるだろうか？　いない。

「行きましょう、ルジェク。いつ行きますか？」

「俺は——いつでも大丈夫です。狩猟祭に備えて、あまり仕事を渡されていませんでしたから、すぐにでも終わるかと。——朝食の後、二時間ほど猶予《ゆうよ》を取ってから、お部屋へ迎えに行ってもよろしいですか？」

「わかりました。楽しみにしていますね」

カティヤが笑うと、同じようにルジェクも笑う。向けられる瞳の熱が、温かく、優しくて、カティヤは胸の奥からじんわりとくすぐったさが滲んでくるのがわかった。

ルジェクがそろ、とカティヤの指先に触れようとする。

そうして迷って、指先が僅かにひく、と震えながら、行動を止めた。——だから、カティヤはすぐ、ルジェクの指先に自身の指先を重ねる。

ルジェクが小さく息を詰まらせて、それから、柔らかく微笑《ほほえ》んだ。

すり、と指先が重なって、ゆっくりと絡む。ルジェクの指先がカティヤの手の甲を撫でるように動いて、それが少しだけくすぐったい。

カティヤが喉を鳴らすようにして小さく笑いを零すと、ルジェクも同じように息を零して笑った。

そうして、カティヤの耳元に唇を寄せる。

「カティヤ。可愛《かわい》らしい人、俺以外の誰にも、触れさせないで。この手の熱も、全て、俺だけにしか、与えないでください」

「ルジェク……？」

「紋章痕も。——カティヤ、俺以外には、誰にも……」

耳元で囁かれると、吐息の熱が耳朶《じだ》を掠めて少しだけ肩が震える。

頬に熱が溜まっていくのがわかって、カティヤはそれを取り払うように、呼吸を繰り返した。

ルジェクを見つめる。至近距離で目が合う。美しい虹彩《こうさい》が際だって見える水色の瞳は、熱を宿したように潤《うる》んでいる。

そして唇がそっと近づいてきて——触れずに、小さく息を吹きかけるようにして、離れる。

——今のは一体？

カティヤの喉がひく、と反応をして、呼吸が詰まる。

ルジェクは目を細めてカティヤを見つめた後、静かに言葉を続けた。

「カティヤ、話したいことが……沢山あるんです」

「話したいこと？」

「はい。話したいことと、聞いてほしいこと、そして、――貴女に対する、お願いが。どうか、狩猟祭の後、時間を取って頂けませんか？」

舌先で零れ落とすように、そっと紡がれた声は、僅かに掠れていた。

なんだか熱にうかされたように、頭がふわふわとする。

至近距離推しファンサは、なかなか心臓に悪い。

カティヤは少しばかりぼんやりとした頭で、けれどゆっくりと受け入れた。

――ルジェクが幸せになる未来を描くためには、多分きっと、はねのけるべきだった提案を。


ルジェクは朝食のきっかり二時間後に、カティヤの部屋を訪ねてきた。

王都の近く、会場となる森までは時間がかかる。すぐに馬車へ乗り込んだが、到着したのは太陽が中天から少し傾いだくらいの時間帯だった。

森では既に狩猟祭に向けての準備が始まっていて、奥へ入ることは出来なかった。貴族が集まる場所であるからか警備は厳重だった。家名を告げて、恐らくはスタート地点になるであろう場所を散策した。その後、周囲から様子を窺い、並び立つ木々に触れる。どれほどの規模感の会場であるかを確認することで、当日の用意もしやすくなる。例えば道具一つにしても、狭い場所と広い場所で、使えるものは変わってくるものである。

軽い視察を終えた後、時間もまだあることだし、ということで、カティヤ達は王都で少しの時間を過ごすことに決めた。

夜までには戻らないといけないだろうし、時間的な猶予はあまりないかもしれないが王都近くまで来て何もせずに帰る、というのはもったいない。視察という仕事が終わった今、二人きりで過ごせる時間はありがたく楽しみたいものである。

豊穣祭を控えているせいか、王都は普段よりも盛況さを増していた。

そこかしこから人々の賑やかな声が響き、様々な年代の人々が、元気よく街路を闊歩する足音が耳朶を打つ。どうやら旅芸人も来ているようで、広場は人で埋まっていた。

はぐれないように手を繋《つな》ぎながら、カティヤとルジェクは王都内をゆっくりと散策する。

美味《おい》しそうな食べ物を売っている屋台もあれば、カティヤが見たこともないような魔法道具も売られている。

豊穣祭自体が、ユグドラシルの豊穣に感謝する、という名目の元、開催される祭であるためか、先日ライルが着けていたような、紋章痕を目立たせるような装飾具もいくつか売られていた。

ユグドラシルからの恵みとして、人に与えられる最初のものが、紋章痕だからなのだろう。

豊穣祭は、そういった紋章痕を目立たせる道具を使っている人も増えていることから、好みの紋章痕の相手を見つけやすく、恋人が出来やすい日としても知られている。

ただ、カティヤには関係ない。

今は紋章痕を目立たせる装飾具なんて着けようとも思わないし、正直、誰かから、自分の紋章痕がいかに優れているかという話をされたとしても、右から左へ受け流すように聞いてしまうだろう。

カティヤにとって紋章痕はどうでも良いものの筆頭だが、この世界の人々にとっては違う。その顕著《けんちょ》な差が、豊穣祭への準備に向かう日々の中で、強く感じられる。

普段は全く気にならないが、時折、なんだかそれに少しばかりの寂しさのようなものを感じてしまうことがある。この世界の人々の絶対的な価値観を、カティヤは持つことが出来ずにいるのだ。

ただ、けれど、それを持たずに居たからこそ、カティヤはルジェクに出会えたのだ。

紋章痕を第一としない感覚があったから、ルジェクと今まで共に過ごし、沢山の気持ちの交流を行うことが出来た。それは恥ずべきことでも、寂しさを覚えるようなことでもないだろう。

思考に意識を割いて、少しぼんやりとしてしまったらしい。

ルジェクが心配げに眉根を寄せ、声をかけてきた。

「疲れてしまいましたか？　少し表情が優《すぐ》れないように見受けられます」

「ああ、いえ、ごめんなさい。違うんです。その、少し考えていただけで」

カティヤ達は人の波を縫《ぬ》うようにしてゆっくりと歩く。

ルジェクに付いていくと、それだけで人とぶつかることがなくなる。恐らくはカティヤが誰かと接触しないように、気を遣いながら歩いてくれているのだろう。歩幅も、ルジェクの方が絶対に大きいだろうに、カティヤと揃《そろ》えてくれているようだった。

「考え事ですか？」

「そうです。ちょっとだけ。でも考えた結果、やっぱり良いかなって思ったので、大丈夫です」

ルジェクは目を瞬かせる。

そうしてから、歩きざま、花屋の屋台を見つけると、「すみません、少し寄らせてください」と早口に言い、一輪の花を購入してきた。

急にどうしたのだろうか。目をみはるカティヤの前で、ルジェクは花の茎を柔らかく折り曲げ、輪を作り出す。

「カティヤ、これを」

「これって、指輪ですか？」

「はい。……その、多少不格好ですが、何度か練習をしたんです。披露《ひろう》しよう、と思いながらも、なんだか自分の狭量さを示すようで恥ずかしくて出来ず……」

ルジェクは言葉を続ける。そうして、カティヤの手を取って、その指に花の指輪をそっとはめた。

大ぶりな花だ。指輪を作るには適していないような、それくらいの大きさの花である。鮮やかな赤色の花弁が、ふわりと綻《ほころ》んでいる。

美しいそれは、カティヤの髪に似た色をしていた。

多分、偶然ではない。ルジェクはカティヤの髪色を選んで購入してくれたのだ。そう思うと、大きな指輪が何だか愛おしくなる。

思わずカティヤがじっと指輪を眺めていると、ルジェクが「ですが」と言葉を続けた。

「今、披露すべきと――思いました。カティヤ、貴女の悩みは、俺も共に背負います。貴女の苦しみは、俺が共に分かち合います。どうか、この花を見る度に、そのことを思い出して頂けたら嬉しいです」

ルジェクが指を振るう。何らかの魔法が放たれて、カティヤの指輪の花弁が震えた。一瞬、花の上をコーティングするように光が滑り、そしてすぐに消える。

「花に――長く咲くように、という魔法をかけました。なので、恐らく数ヶ月は枯れないかと思います」

「す、凄いですね。それは……」

「数ヶ月経《た》ったら、またカティヤに、俺から贈らせてください。それも枯れてしまったら、また数ヶ月後に、貴女に花の指輪を贈ります」

「……」

「俺が生きている限り、ずっと、貴女の傍には俺がいることを、知っていてください」

「ルジェク……」

思わず唇が震える。

どこまでも優しく、穏やかな言葉だった。

そこに潜められた愛情は、きっと、言葉よりもさらに、深く広がっているのだろう。

沢山の言葉が喉の奥に詰まって、形にならない。ルジェク、という名前をただ口にすることしか出来ないカティヤを、優しくルジェクが見つめる。

その瞬間。不意に、カティヤに誰かがぶつかってきた。

まるで、唐突に現れた存在だった。

避けることも出来ず、思わずたたらを踏むカティヤを、ルジェクが支える。

カティヤにぶつかってきた女性は、その場にほとんど倒れ込むようにして転んでしまった。

彼女の手に持っていた食材が一気に地面に散らばる。

ルジェクがすぐに魔法を使って食材を拾いあげようとしたが、間に合わず、無残にも通行人に踏みつけられてしまう。

「ああ！　ごめんなさい！」

倒れ込んだ女性は慌てたように顔を上げて、カティヤに謝罪をした後、すぐに自身の抱えていた食材を拾おうとするが、もうどうしようもない。

踏まれてぺしゃんこになってしまった果実に「噓！」と悲鳴のような声を上げた。

「うそうそ、折角《せっかく》買えたのに！　あれがないと誕生日が祝えない、どうしよう……！」

完全に動揺しきっている様子だった。

その姿を見て、カティヤは小さく——体を震わせた。

このシーンを見たことがある。

正しくは、——ゲーム内のイベントとして、見たことがある。

「カティヤ？」

にわかに体を緊張させたカティヤに、ルジェクが心配げな目を向ける。カティヤはほとんど無意識的にルジェクの服の裾をぎゅう、と摑《つか》んだ。

女性は綺麗なピンクブロンドの髪を、腰まで伸ばしている。くせっ毛なのだろう、毛先がくるんと軽く巻いたようにはねているのが見えた。

身に着けているのは質素なドレスで、平民の間でよく見かけるものである。だが、アレンジが加えられたそれは、既製品よりも少々上品な雰囲気がある。顔はぱっちりとした瞳が目立ち、その虹彩は焦げ茶色だ。

（どうして）

どうして。どうして？

まだ始まっていないはずだ。まだ出会わないはずだ。

だって、ゲームではそうだった。それなのにどうして。どうして。

違う。喜ぶべきことだ。わかっている。そうだろう。

そのはずなのに、カティヤの心は嵐が訪れたように荒れ狂う。

どうしてここに。

「リーリヤ……」

カティヤは、前世何度もプレイしたゲーム、『ユグドラシルの紋章痕』の主人公の名前を、静かに呟いた。

第5章 推しと離縁する準備

カティヤの言葉が聞こえたのだろう、ルジェクが「お知り合いですか？」と僅《わず》かに語尾を持ち上げる。

カティヤが言葉を返さずにいる間に、ルジェクは再度、魔法を行使《こうし》し、潰れてしまった食材を回収する。

人の足で踏みつけられてしまった食材は、もう口にすることは叶わないだろう。

ただ、そのままにしておくと、滑って転ぶ人々が出てくるかもしれない。道路も汚れ、通行に不便が生じている。

ルジェクによって集められた食材は、そのまま、街路の隅《すみ》にそっと移動する。後ほど街を警《けい》らしているであろう市警団に声をかけ、回収してもらうのが一番問題ないやり方だ。

「はああ……」

女性——リーリヤは、大きく吐息を零した後、再度カティヤを見た。沈痛な声だったが、カティヤを見る頃には気を取り直したのだろう、心配げな表情を浮かべている。

小動物を思わせる瞳は、けれど活発な性格を表すように、きらきらと輝いていた。

軽く足下の土埃《つちぼこり》を払ってから、リーリヤはもう一度、カティヤに向かって頭を下げる。

「ごめんなさい、ぶつかってしまって……。大丈夫でしたか？　お怪我《けが》は……、ふ、服は大丈夫ですか？」

紡がれた言葉に、カティヤは小さく目を瞬《しばたた》く。

波紋《はもん》のように胸中へ広がる動揺を、呼吸と共にゆっくりと治めながら、カティヤは首を振った。

いけない。――まさか、こんなところで会うなんて思ってもみなかったから、ひどく動揺してしまった。

主人公に会うのは、悪いことではない。

特に、そう、この出会いは――カティヤが認識しているものであれば、ルジェクとリーリヤが知り合うことになる、邂逅《かいこう》イベントと呼べるものだ。

ゲーム内では春頃にリーリヤとルジェクは出会うことになる。

今回のように、リーリヤがルジェクにぶつかり、そうして食材を落としてしまい――慌てるリーリヤを見て、不憫《ふびん》に思ったルジェクが、潰れてしまった食材を奢《おご》るような形で関係性が出来る。

どうしてか、ぶつかる役目が自分に回ってきてしまったようだが、そもそもゲームにおいてカティヤとルジェクの関係性は壊滅している。

だが、現実では、そうではない。だからこそ、多少なりとも、イベント内容が変化してしまっているのかもしれない。

カティヤは不安そうに視線を揺らすリーリヤを見つめた。そうして、柔らかく微笑《ほほえ》んで返す。

「大丈夫です、ごめんなさい、驚いてしまって。……私のせいで、食べ物が落ちてしまいましたね」

「そんな！　そんなことはないです、私が前を見ていなかったせいで……」

「いいえ、――大事な食材、だったんですよね」

ゲーム内で、リーリヤが落とした食材は、養護院《ようごいん》の子どもの誕生日パーティーの際に使用されるものと言っていた。

――リーリヤは、養護院で生まれ育ち、そして働ける年齢になった今、養護院の諸事雑務を生業《なりわい》として生活している。

美しい紋章痕《もんしょうこん》の持ち主でありながら、平民であるリーリヤは、紋章痕を巡る思惑《おもわく》に巻き込まれていったり、はたまたルートによっては、そういったものを一切感じさせずに平穏な日々を暮らしたりと、様々な未来を辿《たど》る。

ルジェクルートは、ルジェクが腐《くさ》り根《ね》ということもあり、紋章痕を巡る思惑にはあまり関わらない比較的穏やかなルートだ。二人がゆっくりと仲を進展させていくストーリーラインであるからかもしれない。

ただ、そんな中でも、悪妻カティヤの魔の手からルジェクを救うシーンなど、本当に感動的だった。だからこそ何周もしたのだが。

しかし、リーリヤが現れ、しかもルジェクルートの最初である邂逅イベントが起きたことから、本当に——本当に、カティヤの役割は、もう終わってしまったのかもしれない。

そもそも本来のカティヤであったら取らないような行動を、カティヤは——杏《あんず》は、いくつも取った。それもあって、ゲームがシナリオ通りに進むよう誰かが進行を早めたのかもしれない。

そう、この世界を司る、神様のような存在が——。

思考の沼に陥《おちい》りそうになって、カティヤは首を振る。

ルジェクが「カティヤ、顔色が」と囁《ささや》いた。たぶん、ひどい顔をしているのだろう。カティヤは努めて平静を装いながら、リーリヤを見る。

「良ければ弁償させてください」

「え！　そ、そんな、悪いです……」

「いえ。——お祝いが出来ない、と先ほどおっしゃっていたでしょう。誰か誕生日をお祝いをするために、買い集めたものなのでは？」

カティヤは首を傾《かし》げる。リーリヤが少し困ったように目を伏せた。肯定も否定も出来ない、という雰囲気が滲《にじ》んでいるのが見える。

本来ならルジェクが話を進めていくはずだ。カティヤはゆっくりと息を吐いて、それから「ルジェク」と顔を上げた。

転びかけたカティヤの体を抱き留めたままのルジェクから、そっと体を離す。ルジェクがカティヤ、と問いかけるように名前を呼ぶ声が耳朶《じだ》を打った。
「良かったら、ルジェクが一緒に行ってさしあげてください」

「……俺が、ですか？」

「はい。何人もで連れだって行くわけにもいかないでしょう。私の代わりに、彼女の買い物を手伝ってあげてくれませんか？」

恐らくすぐに肯定が返ってくるだろう、とカティヤは首を傾げてみせる。

だが、予想に反して、ルジェクは迷うように視線を揺らした。答えあぐねているかのような表情だ。

どうしたのだろうか。ルジェクは基本的に人を助けることを嫌とは思わない人のはずである。

首を傾げつつ、「その間、私は別邸で少し休んできますね」と重ねて言葉を続ける。

先ほど顔色を指摘されたことを利用して、これ以上、二人を邪魔しないように早々に退場すべきだ。

幸いなことに、ユスティーナ子爵家《ししゃくけ》はお金ならあるので、王都の様々な場所に別邸がある。

カティヤが笑みを浮かべるのと反対に、ルジェクは微《かす》かに眉根《まゆね》を寄せた。

「カティヤ、俺は貴女《あなた》の傍《そば》に……」

「ルジェク。お願いです。私の代わりに、手伝ってあげてください」

少し強引だったかもしれない。ルジェクは目を見開いて、それから首を振った。

「――カティヤの言うことには従います。ですが、俺は体調の悪い妻を置いていくことは出来ません」

　ルジェクはきっぱりと言い切ると、それからリーリヤへ視線を向けた。

「申し訳ございません、ここでお待ち頂いてもよろしいですか？　妻を送り届けてから、すぐに戻ります。その際に必要なものの購入を手伝わせてください」

「あっ、いえ、そんな、本当に……」

「いいえ。良ければお詫びとして、受け取ってください。誰かを祝いたい、という貴女の気持ちを無《む》碍《げ》にするのは忍びないですから」

　そう口にしてから、ルジェクはカティヤを見つめた。そうして「触れてもよろしいですか？」と言葉を口にする。

　いつもと違う、少しだけ硬い口調に驚きながらカティヤが頷《うなず》く。と同時に、ルジェクがカティヤの体を抱き上げた。

　いわゆる横抱き――お姫様抱っこ、である。

「ルジェク？」

「すみません。傍に居ながら、今までカティヤの体調に気付くことが出来ず……、少し揺れるかもしれません。もし良かったら、首に腕を回してください」

「え、あ、は、はい」

言われた通りに首に腕を回す。すぐにルジェクが足早に歩き出した。

揺れるかも、と言っていたが、出来る限り振動をカティヤに伝えないようにしているのだろう。酔うこともないし、誤って舌を噛《か》んでしまうようなこともなさそうだ。

カティヤはルジェクを見つめる。

なんだか申し訳のなさが心中に積もって、カティヤは小さく謝罪を零した。ルジェクがカティヤへ視線を向けて「どうしてですか？」と首を傾げる。

「折角《せっかく》、その、……一緒にお出かけ、ということだったのに、私が……」

「体調を悪くしたのはカティヤのせいではないでしょう。それに気付かず、性急に事を進めた俺が悪いのですから。だから、そんな風に気落ちしないでください」

優しく穏やかな声音だった。

体調は——本当のところ、悪くはない。ゲームの主人公に出会った動揺は続いているが、それくらいだ。

ただ、ルジェクのことを思うと、リーリヤとのルートを進める方が良いだろうと、そう思って行動をした。

それなのに、こうやって心配されると、どうしようもない気持ちになる。

別邸にはすぐに到着した。控えていた使用人に、ルジェクがカティヤの体調を伝える。別邸には、豊穣祭《ほうじょうさい》に先んじて、本邸から数人の使用人が派遣されていた。狩猟祭《しゅりょうさい》の前後、ユスティーナ子爵家の面々が別邸に泊まる準備をするためである。

その中には「今日は別邸へ準備に行ってきますから、お嬢様はお体にお気を付けてお過ごしくださいね！」と朝に滔々《とうとう》と告げてきた、ブランシュの姿もある。

ブランシュ達使用人は、ルジェクのただならぬ様子に気付いたのか驚きに目を見開きながらも、その腕に抱かれたカティヤの姿を見て、すぐにすべきことを察したのだろう。

ブランシュが大慌てで「お嬢様、大丈夫ですか!?」と言いながら二人を先導した。

日頃、いつ泊まりに来ても良いようにと家具などを設《しつら》えられた室内に運ばれ、そうして優しくベッドの上にカティヤの体が下ろされた。履いていた靴を、ルジェクがベッド脇に膝を突いて、丁寧な手つきで脱がす。

「すぐにまた戻ります。カティヤ、それまで……、貴女を一人にしてしまうことを、許してください」

「そんな。ルジェク、私こそ、頼んでしまってごめんなさい」

カティヤは首を振る。ルジェクが穏やかな表情でカティヤを見つめた。

そうして、行って参ります、と静かに続け、立ち上がる。

主人公との邂逅イベントは、どのキャラも起こりうる。

そしてそこから、どのキャラが好みだったかという第一印象で進むルートを決め、そのキャラを攻略するようにプレイするのが、乙女ゲームの遊び方と言えるだろう。

だから、今回の邂逅イベントだけでは、主人公であるリーリヤが、ルジェクとのルートに進むかどうかは、まだわからない。

何回か出会い、『ルート確定イベント』と呼ばれる出来事を過ぎて、ようやく、ルジェクとのルートが確定するのだ。

だから。だから。——だから？

自分の心に様々な感情が滲む。

どうしたのだろう。だってカティヤは、リーリヤとルジェクを会わせるために、そして来たるべき寝取られの日に備えて、健《すこ》やかにルジェクを育てるために、過ごしてきたのに。

今になって、ルジェクが、リーリヤの元へ向かうのを——怖いと思うなんて、そんなの、どうしようもなく自分勝手だ。

それなのに。

去ろうとするルジェクの衣服を、カティヤの指先が摘まむ。

服を引っ張られていることにすぐに気付いたルジェクが、カティヤ、と首を傾げるのが見えた。

すぐにカティヤは指を離す。

何をやっているのだろうか。引き留めるつもりなんてなかったのに。

「あ……ごめんなさ……」

カティヤが慌てて謝罪をする前に、ルジェクがふ、と息を零すようにして微笑んだ。

「——可愛《かわい》らしいことをされると、離れがたく思ってしまいます。カティヤ、すぐに帰ってきますから、少しだけ……待っていてくださいね」

優しい声が耳朶を打つ。ルジェクは恭《うやうや》しい態度で頭を下げ、そうしてから足早に部屋を出て行ってしまった。

その背中を眺めながら、カティヤは小さく息を吐く。

「お嬢様、飲み水をご用意して参りました」

「……ブランシュ」

ルジェクが出て行く前に部屋を出て、水差しを持って戻ってきたブランシュが、かしこまった態度で囁く。そうしてから、じっとカティヤを見つめた。何か言いたいけど、どうしようか、迷っているような表情だ。

「何か言いたげな顔ね」

「……お嬢様は甘える、ということを学んだ方が良いかと。ルジェク様は、お嬢様の夫なのですから」

「……駄目だよ」

カティヤは首を振る。他の状況ならばまだしも、ここで甘えることだけは、駄目だ。

だってそれは、ルジェクとリーリヤの邂逅イベントを邪魔してしまうことに他ならない。

そう理解している。それなのに、ほとんど無意識の内に、ルジェクを引き留めようとしてしまった。カティヤは浅く呼吸を繰り返す。

「今は、……駄目」

「……私は、お嬢様が、ルジェク様と結婚なされたことに、本当に驚いたものです」

「どうしたの？」

唐突なブランシュの言葉に、カティヤは笑う。確かに、最初の頃、ブランシュはルジェクのことを良く思ってはいなかった。けれど今は、そうではない。

「お嬢様ならば、もっと良い家門の男性とも結婚出来るだろうに、と。何か弱みを握られているのでは、それどころか私の大事なお嬢様に傷つけたりしたら……、なんて思っていましたから」

「……うん」

「ですが、ルジェク様は……私の考えとは反対に、お嬢様のことを、とても大切にされていて——以前、ルジェク様の部屋に給仕した者が言うに、ルジェク様は執務の折、時々、窓の外を見て柔らかく微笑むのだと」

ブランシュは滔々と言葉を紡ぐ。事実をゆっくりと形にして、カティヤの目の前に差し出すようにする。

「——お嬢様は、庭園の散歩がお好きですよね」

「え？　うん、そうね。好きよ」

「そういうこと、ですよ」

そういうこと、とは。思わず瞬いてしまう。それではまるで、カティヤが庭園に居るのを見て、ルジェクが微笑んでいる——というようだ。

　カティヤは目を丸くする。

「……なあに、慰めてくれているの？」

「はい。お嬢様はルジェク様と一緒の時はいつも幸せそうに、本当に嬉しそうに笑顔を浮かべるのに、今日はそうではないご様子だったので。何かしら心配事が出てきたのかな、と思い、お嬢様が喜びそうなルジェク様の情報をお伝えしました」

「もう。……ブランシュ、ありがとう」

　笑いながら、水差しから注がれた水を口に含む。慰めに紡がれた言葉だったとしても、その心遣いが嬉しかった。だからこそ、カティヤはそっと息を零す。

　ルジェクは、たぶん、すぐには戻ってこないだろう。

　邂逅イベントでは、食材を買った後、養護院にお邪魔することになり、そこでお菓子作りを手伝うのだ。

　夕方近くまで続いた手伝いを終えた後、リーリヤがお礼をしようとするのを押しとどめ、貼り付けたような笑みを浮かべてその場を去って行く。

　その様子を見て、リーリヤはルジェクのことを気にするようになる——という筋書きである。

　ゲーム中ではルジェクが、どうして王都に居たのかは明かされていない。

ただ、カティヤに冷遇され、ひいてはユスティーナ子爵家に居場所がなかったからこそ、ルジェクが居なくなっても誰も気付かなかったし、気付いても何も言わなかったのだろうと思う。

むしろ厄介者が自分から居なくなってくれたと、子爵家の人々は喜んでいたのかも知れない。

ルジェクは、婿《むこ》入《い》りした先でもそういう風に扱われている、人だった。

（……離縁の方法）

調べないといけないだろう。

現在、ユスティーナ子爵家による援助を受けながら、レーヴェンハイト家は建て直しを行っている。それらが終わるのはおおよそ冬ぐらいだろう。

その上で、カティヤ自身、雪奏《ゆきかなで》の群生地を保護したり、月水晶を売り出すためのルートを探らなければならない。ルジェクが居なくなった後、レーヴェンハイトの名を借りることは出来ないのだから。

やることは沢山ある。そして、やらなければならないことは、それ以上に多くある。

（色々動かないとなあ……）

カティヤはブランシュを下がらせ、ベッドに横になりながら、天幕のように垂れ下がる薄い布地のカーテンを眺めつつ、ゆっくりと息を吐く。

（リーリヤだけがルジェクを幸せに出来る存在なのだから——）

カティヤは目を瞑《つぶ》る。

今後のことを考えている内に、思考が鈍くなっていくのがわかった。

馬車に乗り、慣れない街路を歩き、少しばかり疲労が溜まっていたのかもしれない。呼吸がゆっくりと静かになっていくのを自分でも感じながら、眠りの淵《ふち》へ意識を放り投げようとする。

――だが、たゆたうような眠りは、すぐに、ノックの音によってかき消される。

「カティヤ。帰りました、中に入ってもよろしいですか？」

「……え!?」

慌ててカティヤは目を覚ます。帰ってくるのが、早くないだろうか。いや、もしかして、思ったより疲れていて、目を閉じた瞬間に深い眠りについてしまったのだろうか。

そうでなければ、この帰宅の速度は説明がつかない。

だって、ルジェクは夕方に帰ってくるはずだ。

窓の外を見るが、日は落ちていない。それどころか、ルジェクが出て行ってから一時間も経《た》っていないように思われた。

(ど、どうして？)

なんで帰ってきたのだろうか。カティヤは慌てながら「どうぞ」と声をかける。

すぐ扉が開き、ルジェクが顔を現した。カティヤを見て、嬉しそうに笑みを浮かべる。

「すみません。お待たせしてしまいましたか？」

「い、いや、待ってない、ですけど、えっ……、あれ？　お菓子作りとかは？」

「お菓子作り――ですか？」

ルジェクが目を瞬く。

そうしてから少し思案するような間を置いて、「俺が出て行く間際に、リーリヤさんが準備をされているのは見ましたが……」と言葉を続けた。

「えっ!?　て、手伝ってない!?　どうして」

「どうして、と言われると……少しばかり返答に窮《きゅう》するところがあるのですが、……カティヤが体調を崩しているのに、一番に優先しないわけがない、というのが俺の答えです」

「え……」

「もちろん、カティヤの言った通り、食材は買い付けて、養護院までお送りいたしました。ご心配なさらないでくださいね」

ど、どうして。それでは邂逅イベントにならないだろう。

だって、二人で時間を過ごすことで、関係性を築くことが出来るのだ。それなのに。

様々な疑問が頭の奥でぐるぐると回る。

ルジェクは僅かに首を傾げて、「今日はここに泊まっていきましょうか」と言葉を続けた。

「無理を押して馬車で帰れば、カティヤの体調が悪化する可能性もあります。ユスティーナ子爵から聞いたところによると、この別邸は宿泊することも可能なのですよね」

「そ、それは、はい……」

本邸と比べると小さな造りの家だが、もちろん泊まるための部屋もいくつかある。

それに常駐して部屋を掃除し、家が痛まないように管理してくれている使用人も数名いるので、全く問題はないだろう。

「今日はずっと、カティヤの傍に居ます。どうか、ゆっくり休んでください。——子爵家には、カティヤの体調のことを伝書で伝えておきます。恐らく今日の夜には届くでしょう。少しばかり手紙を書く時間を頂いてもよろしいですか？」

「それはもちろん、どうぞ……」

カティヤが頷く。

ルジェクはすぐ、手紙の用意を使用人に頼み、ベッドの傍に椅子を持って来て、そこに腰掛けながらペンを走らせ始めた。書き終わった手紙を封筒に包み、そうしてから指を振る。魔法をかけたのだろう。手紙が、重力を無視して浮き上がり、ルジェクが窓を静かに開けると同時に、さっと駆け抜けるように遠くの空へ消えていく。

「ルジェク、その、私のことは気にしないでくださいね」

「カティヤ、貴女の言葉は全て……出来る限り、聞きたいと思っています。ですがそのお願いだけは、少しばかり、難しいです。どうして、大事な妻を気にせずに過ごすことが出来るでしょう？」

「……良いんですか？　その、……」

——リーリヤは。

思わずぽろ、と言葉を零すと、ルジェクは首を傾げた。どうしてここでリーリヤの名前が出てくるのか、と言いたげな表情である。

カティヤは小さく首を振る。

だって、ルジェクにとってリーリヤは光で、自身の手を引いてくれるかけがえのない存在で、ルジェクの腐り根のことを気にせずに接してくれて――ルジェクが忘れかけていた、様々な気持ちや言葉を、優しく教えてくれるような、そんな主人公なのに。

カティヤがもごもごと言葉を口の中で咀嚼《そしゃく》していると、ルジェクがふいに小さく笑った。柔らかな微笑みは、まるで春の日差しのように優しく、美しい。

「カティヤ、貴女は俺の唯一です。二人きりの時に、どうか、俺以外のことを考えないでください。俺以外の名前を、呼ぶことも――どうか」

「……ルジェク」

カティヤが名前を呼ぶと、ルジェクは嬉しそうに目を細める。頬《ほお》に喜色を乗せ、そうして、水色の瞳に、一心にカティヤだけを映す。

綺麗だな、と思う。

カティヤ――杏は、ルジェクルートが、好きだ。

主人公に癒やされて、幸せになっていくルジェクを見るのが、好きだ。

貼り付けたような笑みが、徐々に柔らかなものに変わっていく過程を見るのが、好きだ。

大切で、大事で、幸せにしたい、いや、幸せになれ、と思った。——思っている。

だからこそ、カティヤは身を引かなければならない。

ルジェクを幸せにするのも、ルジェクに真に愛されるのも、リーリヤだけなのだから。

——だから、これは、違う。

勘違いしてはいけない。カティヤは悪役令嬢であるのだから。

だから、そう、推しに対する感情を——まるで恋のように、思ってしまってはいけない。

（離縁の準備を始めよう）

このままルジェクと居たら、きっとずっと傍に居たくなる。

私が幸せにしたい、と、そう思ってしまう。

だからこそ、カティヤは一つの決心を、心の中でくだした。


ルジェクと共に、別邸で過ごした日から、数日が経った。カティヤは領内の自室で思いにふける。

ルジェクと離縁する準備を始める、といっても、そもそもルジェクがリーリヤとの関係を良くしてからでないと、ほとんど何もせずに放り出してしまうことになる。

それだけは絶対に、そう、絶対に——どう考えても、駄目だろう。

今までの行為が全て灰燼《かいじん》に帰《き》するようなものである。

だから、カティヤは考えた。

まずは、二人の関係性を良くするように励もう、と。

先日の邂逅イベントでは、ルジェクはカティヤのことを気にしてお菓子作りを手伝わずに帰ってきた。

これではリーリヤとのフラグが立たないどころか、そもそもルートに進むこともままならない。

このままではルジェクが幸せになるのを見届けるというカティヤの計画が瓦解してしまう。

なんとかしなければ。

そう、邂逅イベントが最後まで上手くいかなったことを――挽回するような一手を指さねば！

カティヤはそう決意して、王都に向かう準備を始めた。

ルジェクとの朝食を経た後、カティヤはすぐに護衛を連れて、王都へ向かう馬車に乗った。

数時間ほど揺られると、ほどなくして、盛況な様子を見せる王都の門戸が見えてくる。

こんな風に、数日足らずで二度も王都を訪ねることになろうとは思ってもみなかったが、仕方無い。全てはルジェクの今後のためである。それは、カティヤの行動にかかっていると言っても過言ではない。

リーリヤが住んでいる養護院のことは、しっかりと覚えている。王都の外れにある場所だ。

ユグドラシルは栄えている――が、それは表面だけ、というのがふさわしく、見えない場所にはもちろん困窮者も居れば、リーリヤのような孤児も居る。養護院の経営は厳しく、だからこそ、リーリヤも苦労して生きてきているようだ。

二階建ての、少しばかり塗装の剝《は》げた家。歩いて行く内に目当ての場所を見つけた。

屋根はいくつかの色に塗り分けられていて、これは確か、リーリヤと、他の養護院の子ども達が一緒に塗り替えたという裏設定がある。窓は修繕の痕が見られて、併設されているポストは少しばかり錆《さび》が見える。

だが、庭園には子どもが遊ぶための遊具がいくつか点在し、そこかしこから子ども達の楽しむ声が耳朶を打った。

カティヤは一つだけ深呼吸をして、甲高い音を立てて軋む門扉に触れ、ゆっくりと庭園に足を踏み入れる。突然の闖入者《ちんにゅうしゃ》に、遊具で遊んでいた子ども達が僅かに息を止めてカティヤを見つめた。

場違いな人間がやってきた、と思われているかもしれない。

カティヤ自身も、少しばかり呼吸が浅くなる。こちらに向けられる視線の数々を呼吸と共に受け止めて、カティヤは周囲で固唾を呑んでいる少女に話しかけた。

「ごめんなさい。私はカティヤ、カティヤ・ユスティーナと申します」

「……貴族様？」

子どもが怯《おび》えたように体を固くする。カティヤは考えて首を振った。ここで貴族であると口にするのは得策ではない。

「そこまで大層な者ではありません。良ければ、リーリヤさんとお話をしたくて」

「リーリヤお姉ちゃんと？」

少女は目を瞬く。

カティヤと少女の会話を聞いていたらしい、他の子ども達がわらわらとカティヤの傍に寄ってきて、「リーリヤお姉ちゃん、さっき帰ってきたばっかだよ！」「俺呼んでくる！」「リーリヤお姉ちゃんに何の用なの？」と続けざまに言葉を重ねる。

リーリヤを呼びに走り出した少女の背中を眺めてから、カティヤは「少し前に、ご迷惑をおかけしてしまったので、ごめんなさいって言いに来たんです」と言葉を続けると同時に、養護院の扉が開いた。

中から、少女に手を引かれて、リーリヤがやってくる。

カティヤを見つけて少しばかり驚いた顔をし、それから「先日の！」と慌てたように声を上げた。

「も、もしかして、何かありましたか？　すみません……！」

「ああ、いえ、すみません。そうじゃないんです。その、先日、謝罪をきちんと出来ていなかったなあと思って」

「そんな――そんなことは」

リーリヤは恐縮したように首を横に振る。

とりあえず中へ、と促されて、カティヤは有り難くその言葉に従うことにした。

護衛には外で待っていてもらうことにして、養護院に足を踏み入れる。

内部はとても綺麗にしてあった。花が飾られ、窓もピカピカに磨かれている。床も丁寧に掃除されており、ごみの一つも見当たらない。壁にいくつかの絵が貼り付けられていたり、はたまた、壁にそのまま絵が描かれてたり——なんてところもあるが、汚らしさは一切ない。きちんと整理整頓されていて、大勢の子ども達がここで共に暮らしているのだということがわかるようだ。

「お茶菓子を用意しますね！」

応接室のような場所に通されて、リーリヤは慌てたように退室し、すぐにまた戻ってくる。

「その、お茶の好みはありますか？」

「いえ、本当に。大丈夫です。お構いなく」

「そういうわけには……！　少し待っていてくださいね」

またすぐに出て行く姿を眺めてから、カティヤは小さく笑う。そうしてから、ゆっくりと窓辺へ身を寄せた。

小さな窓からは、外の景色を眺めることが出来る。庭園で遊ぶ子どもや、畑も見受けられる。自家栽培をしているのだろう、いくつかの野菜に実が成っているようだ。

木漏《こも》れ日が柔らかく落ちる庭園は、まるで希望を詰め込んでいるかのように、眩しい。

ゲーム中でも、リーリヤが住む養護院についての描写はあったが、実物を目で見るのとではまた異なり、感慨深いものがある。

ゲーム中、カティヤ――杏の代わりとなるキャラクターが、リーリヤだ。

だからか、周回を重ねるごとに、杏はリーリヤのことを好きになっていった。

実際、リーリヤは癖のない性格で、優しく、穏やかで、決断力に溢《あふ》れている。自分の出来ることをきちんと理解した上で行動をしているから、地に足がついていた。だからこそ、ルジェクのようなキャラクターをも支えることが出来るのだろう。

（そうよ、やっぱりリーリヤはルジェクにふさわしい……）

ぼんやりと外を眺めている内に、リーリヤが帰ってきた。テーブルの上にティーカップを置いてから、皿に置いたお菓子を差し出してくる。クッキーらしい。

「このクッキーは養護院で作っているものなんです。養護院で採れた野菜をペーストにして少しだけ練り込んであって……、その、豊穣祭とかで売り出す予定のもので……！」

「そうなんですね。美味《おい》しそうです」

「――はい！　凄《すご》く美味しいので、良かったら……！」

リーリヤは嬉しそうに言葉を続ける。

ゲームをプレイしていた時も、描写される食べ物を見る度、一度食べてみたい……！　という思いを募《つの》らせていた。

そのため、普段から出されたものは口をつけるようにしている。リーリヤの手が入っているものなら、なおさらだ。カティヤは早速クッキーを一つ口に含んだ。

さくさくとした食感のそれは、甘さが控えめで、素朴《そぼく》で美味しい。

「美味しいですね。凄く好きです、このクッキー」

「本当ですか？　良かった、嬉しいです！」

いくつか包んで買って帰りたいものだなあ、なんて思いつつ、カティヤは居住まいを正した。そうしてから、リーリヤを見つめる。

くりくりとした大きな瞳が、同じようにカティヤを見つめた。そうしてすぐ、照れたように逸《そ》らされる。

会話の糸口をさぐるような間を置いて、先にリーリヤが口を開く。

「ええと、そうだ、先日のこと……に関しては、本当にお気になさらないでくださいね」

「いえ、ですが……」

「あの後、ルジェク様が一緒に買い物を手伝ってくださったので。むしろこちらからお礼に伺うべきことだというのに」

リーリヤは首を振る。

その言葉を聞いてから、カティヤはゆっくりと頷く。

そうしてから、「その、ルジェクは、どうでしたか？」と首を傾げた。

リーリヤが「どうでしたか、とは……？」と困ったように言葉を続け、それからぽん、と両手を重ね合わせた。

「あの、とてもお優しい方でした！　荷物も持ってくださって……、その、恥ずかしい話ではありますが、養護院はあまり男手がないので……。それに、養護院というだけで、貴族の方はあまり来たがらないのですがルジェク様は荷物を運んだ上に、台所を軽く整頓してくださって。さらに庭園の雑草まで魔法で一瞬で抜いてくださって！　本当に助かりました。感謝しております」

「そ、そうだったんですか？」

ルジェクは出て行ってすぐ、あまり時間も経たない内に帰ってきた。

だが、あの短時間でどうやら相当手伝いをしていたらしい。

流石《さすが》推し、流石ルジェク……！

心の中で感じ入りながら、カティヤは「それは……良かったです」と笑みを浮かべた。

「はい。それで、そうだ——、お礼を言ったんです。そうしたら、私へのお礼は気になさらないでください、と。私の大切な人が、貴女を助けたいと言ったから、そのように行動したまでです、と言われていました」

「……そうなんですか？」

「はい。本当に優しい表情で……、とても素敵な関係を築かれているのだなあと、私まで少し照れちゃうくらいでした」

リーリヤは嬉しそうに言葉を続ける。

それはなんというか嬉しい。いやでも、主人公であるリーリヤの前で、他の誰かを匂わせるような発言をしたら、リーリヤとのルートが閉じてしまうのではないか。

そもそも突き放すような発言にも取れてしまうし、そうなったら俗に言う、フラグが折れる、という状況になってしまう。

そんな。そんなことがあってはならない。カティヤは首を振る。

だってルジェクはリーリヤと幸せになるべきなのに。

このままでは――このままでは、寝取られずに終わってしまう！

だが、だからといってカティヤに何が言えるだろうか。

まさかルジェクのこと、リーリヤさんの夫にどうでしょう、だなんて言えるはずもない。

そもそもこれ以上言葉を重ねたところで、リーリヤからしたら惚気《のろけ》られているとしか思えなくなるだろう。

どうしよう。カティヤは慌てる。

「――ル、ルジェクは、確かに、本当に、良い夫で、ですがその……私にはもったいないくらいの人だなあという気持ちがありまして……」

リーリヤ！　頼む！　寝取ってくれ！　という一心で、カティヤは必死になって言葉を続ける。

リーリヤは微かに瞬いた後、ティーカップに手を添え、破顔した。表情は明るく、そして優しい。

「私から見たら、お二人はとてもお似合いです。ルジェク様もおっしゃってました、私にはもったいないくらいの人だって――」

同じことを思っていらっしゃるのですね、とリーリヤは嬉しそうに言葉を続ける。

まさしく光属性主人公、というような、本当に心の底から思っているような顔である。

リーリヤからの、ルジェクに対する好感度を上げる下げる、というような状況にすらない。

いやだが、このままカティヤが必死になってルジェクルートで起こりうるイベントを強制的に起こしていけば、もしかしたら、そう、もしかしたら、リーリヤもカティヤからルジェクを寝取ろう！　という気持ちが起きてくるかもしれない。

だってあんなに素晴らしい人なのだ。

優しくて穏やかで、――真面目で、ふとした時に見せる照れたような表情が可愛くて。そんなルジェクに、惹かれない人なんて居ないだろう。

とにかく寝取る気持ちが起きないなら、こちらから寝取らせるように画策するまで、である。

それだけがカティヤの出来ることで、カティヤがすべきことなのだから。

「リーリヤさん、また……、良ければこちらに来てもよろしいですか？」

「もちろんです！　ただ、その、しっかりとしたおもてなしは出来ませんが……」

「気になさらないでください。私は、リーリヤさんに会いたくて、来るのです。――そうだ、もし何か困りごとがあったら、いつでも相談してくださいね」

カティヤはそっと手を差し出して、対面に座るリーリヤの手を握った。綺麗な紋章痕《もんしょうこん》が見える。

『豊穣の根』、と呼ばれるに値する紋章痕を持つリーリヤは、きっとこれから色々と大変な目に遭うことだろう。というか、ゲームでは遭っていた。

その際に、ルジェクが問題解決にいそしんだら、確実に好感度は上がっていくはずである。

そうしたら、その時こそ、カティヤはこの舞台から去ることが出来る。

大事で、大切で、——だからこそ、カティヤは推しの幸せを願って、きちんと身を引けるはずだ。

そのはずだ。

だって、最初からそう決めていたのだから。

無理に愛さなくても良いと、ルジェクに宣言した時の気持ちを、忘れてはいけない。

カティヤは顔を上げ、笑顔を作る。

「ご挨拶遅れましたが、改めまして……、私はカティヤ・ユスティーナと申します。ユスティーナ子爵家の嫡子です」

「——私はリーリヤ、です。カティヤ様、こちらこそ——よろしくお願い致します」

ゆっくりと握手をした後、カティヤは小さく息を吐いた。

この先、このたおやかな手を握る存在が、ルジェクであってほしいと、それだけを願いながら。


養護院に手土産としての贈り物をした後、カティヤはユスティーナ領へ馬車を走らせる。

屋敷に着いた頃には夜も更《ふ》けていた。

王都からユスティーナ領への日帰りは、なかなかに体を痛めつける。

もう少し柔らかいクッションとか、そういうの、出来てほしい……、なんて痛む腰に眉根《まゆね》を寄せつつ馬車から降り、カティヤは屋敷の扉をくぐった。

朝見る庭園と、夜見る庭園とでは、また少し雰囲気が違う。

朝は涼やかで爽やかな空気を感じるが、夜はどちらかというと静かで、少しだけ甘い空気を感じる。今日は何の用事もないので、カティヤはそのまま少しだけ庭園を散策することにした。

植えられた花や木々が、風が吹く度に静かに揺れる。葉の擦れる音は耳に優しく、カティヤの心の縁をくすぐるよう聞こえてくる。まるで、カティヤを慰めるようだ。

静かに呼吸すると、花々から零れ落ちる芳香がゆっくりと肺腑《はいふ》を満たすのがわかった。

その場で永久に足踏みしているような感覚を覚えて、少しばかりぞっとする。

離縁をする準備を進めるつもりが、一歩も進んでいない。

このまま上手くいかなかったらどうすればいいだろう。

離縁して、ようやく、ルジェクは幸せになれると思っていたのに。それなのに。

不意にかさ、と地面に落ちた葉を踏む音がした。

振り返って見ると、月明かりの下にルジェクの姿がある。

どうやら、外に居るカティヤに気付いて、出てきてくれたのだろう。

手には薄手のブランケットがあった。それをカティヤの肩にかけながら、「夜は寒いでしょう」と囁く。

「おかえりなさい、カティヤ。どこへ行っていたんですか？」

「ルジェク……」

「俺は……、貴女の姿が昼頃から見えなくなって、不安でした。それこそ、仕事が手につかなくなりそうなくらいには。どうか、どこかへ出かける時は俺にも声をかけてください」

「……」

穏やかな声だ。視線を向けると、柔らかな表情が返ってくる。

最初の頃の貼り付けたような笑みではない。カティヤと過ごす内に、柔らかく、そして解けるように崩れてしまいそうなくらいになった、笑みだ。

カティヤは肩にかけられたブランケットを指先で引っ張る。

それに気づいたルジェクが小首を傾げる。

「どうかされましたか？　カティヤ、表情が……いつもより、浮かないようです。出かけた先で何かありましたか？」

「いえ、——いえ、大丈夫です、ルジェク」

「大丈夫、という顔をしていません。カティヤ。俺に——教えてください。貴女にそんな顔をさせることを」

カティヤは首を振る。一拍、間を置いてから、「ルジェクは」と言葉を続けた。

「好きな方はいらっしゃいますか？」

「え？　──それは……」

「私ではなく。他の人で」

「……それなら、居ません」

どうして。──どうして？

もうリーリヤとルジェクは出会った。それなのに、ゲーム通りに事が進まない。ルジェクを幸せに出来るのは、リーリヤだけなのに。

シナリオが、おかしくなっている。ゲームの設定が狂い始めている。心臓がばくばくと音を立てる。カティヤはルジェクを見つめた。

「私のことは、無理に愛さなくても結構です」

出会ったばかりの頃、口にした言葉を、もう一度囁く。

声が震えていた。カティヤですら気づいたのだ。ルジェクも気づいただろう。カティヤの心がひどく乱れていることを、ルジェクは察したはずだ。

ルジェクが、じっとカティヤに視線を向ける。カティヤの発した言葉を飲み下すような間を置いてから、言葉を詰まらせるようにして、静かに口を開く。

「それは、愛するな、ということではないでしょう？」

大好きな彼の悲しげな表情に、視界がぼやける。

この言葉を否定しなければならないことが、どうしようもなく、苦しい。

「……駄目なんです。ルジェク。駄目なんです、私のことを好きにならないでください」

「どうしてですか。何に怯えているんですか？　俺に教えてください。カティヤ、貴女の不安を共に背負わせてください――」

ルジェクは。

ルジェクは、リーリヤとぶつかる前、カティヤの周囲を気にしてくれていた。

それなのに、リーリヤは、まるで監視の目をかいくぐるかのごとく、カティヤにぶつかってきた。

だからルジェクは驚いていたし、恐らく、リーリヤのことを少なからず不審者と思っていただろう。警戒するのは当然だった。

だからこそ、普段ならば人助けに手を貸すルジェクが、あんな風にカティヤからのお願いを渋ったのだ。

どうして。なんで、そんなことが起こったか。わからない。

だからこそ、カティヤはなんとなく察していた。

ゲームによる強制力のようなもの。運命、と言い換えても良いそれ。

リーリヤとルジェクが出会うために、あの日、あの場所で、必ず、リーリヤはカティヤ、ひいてはルジェクにぶつからなければならなかったのだ。

考えてみれば、そもそもルジェクと婚姻する時だって、時期にならないと彼は影も形も現れなかった。今までも節々で、運命が働いていたように思う。

イスティアのように、衰退の阻止が出来たこともあったが、あれが特例なだけの可能性だってある。

何もわからない。だからこそ、怖い。

もし、本当にそういった力が働いているとして——それなら、やはりルジェクはカティヤと共に居ても幸せにはなれないだろう。

だって、ゲーム内ではそうだった。

ゲームでは、ルジェクはリーリヤと出会って、ようやく幸せになれたのだ。

ルジェクを幸せにするのも、未来を共に過ごすのも、全て、リーリヤでないといけない。

だから、駄目だ。カティヤでは、駄目なのだ。

カティヤは首を振る。喉が震えた。眦《まなじり》が熱くなり、目の奥が痛む。

涙が零れるのを見られたくなくて、そっと手で顔を覆《おお》った。

「私では、ルジェクのことを幸せには出来ないんです……」

泣きながら紡いだ言葉に、ルジェクが僅かに表情を緊張させる。

何かを言い出そうと、口を開いたルジェクを押しとどめ、カティヤは首を振った。じっとルジェクを見つめる。

推し。

大事で、大切で、——愛おしい。

認めてしまえばおしまいな気持ちだった。

けれど、傍で過ごす月日の中で、惹かれていくのも、仕方無いことだったと言える。

優しい笑顔を、名前を呼ぶ声を、少し照れたように触れてくる指先を、自分のものにしたい。

とてつもなく独占欲じみた感情が、推しの幸せを願う心を淀《よど》ませる。

好きな人、と言い換えるには気持ちが大きすぎる。

けれど、きっと、当てはまる言葉はそれしかないだろう。

本当なら、杏がカティヤに転生した時点で、悪役令嬢として振る舞うべきだったのかもしれない。

推しをいじめるなんてとんでもないし、そもそも、推しには幸せでいてほしい。健やかであってもほしい。そう思って、ずっと行動してきた。

けれどそれは、間違いだったのではないだろうか。

リーリヤと邂逅した瞬間から、自身の行動は全て間違っていたのではないかと、そう思ってしまう。

だってカティヤは、リーリヤにルジェクが救われて、そうして二人で幸せに暮らすところを見るのが好きだったのに。

それなのに、そうではなくしてしまった。

本来なら主人公が果たすべき役割を、横から奪ってしまったようなものなのである。

――推しだから、傷ついた顔は見たくないと、健康的に生きてほしいと、そう思って、行動をしてしまったから。

笑えてくる。ルジェクを幸せにするのはリーリヤしかいない、と思いながら、カティヤは全くルートにそぐわない行動ばかりをしてきたのだ。

その結果が、今になって、カティヤの足を引っ張る。

お前が好きなようにしたせいで、ルジェクが幸せになることはなくなったのだと、弾劾されているような気分になった。

——私の。

（——私の、せいで、ルジェクは、幸せにはなれないのかもしれない）

ルジェクがカティヤ、と乾いた声で名前を呼ぶ。

カティヤは首を振って、それから「部屋に戻ります」と返事をした。

「カティヤ、お送りします」

「大丈夫です。ルジェク、部屋に戻ってゆっくり寝てくださいね。狩猟祭、楽しみにしています」

「——カティヤ」

静かな声が響く。それを振り払うように、カティヤは屋敷に続く扉を開いた。

一歩ずつ、沢山の思いを、振り切るようにして歩いた。

豊穣祭が始まった。

王都への道が混雑する前に、先んじて王都入りしていたカティヤ達は、その喧噪《けんそう》に多少なりとも驚くことになった。

少し前ならきっと、凄いですね、とルジェクと話していただろう。

だが、あの日の夜から、カティヤはルジェクとあまり会話をすることも出来ないまま、祭の日を迎えることになった。

別邸の二階、与えられた室内の窓から外を眺めてみると、とんでもない人の数が行き来しているのが見えた。

普段よりも混雑している――というのがはばかられるほどに、街路には人だかりが出来ている。華奢《きゃしゃ》なカティヤがもし、あの中に身を投じたら、一瞬で波に呑まれ、何も出来なくなってしまうだろう。

ぼんやりと外を眺めていると、不意に――そう、不意に、見知った顔がむぎゅむぎゅと人波に押し込められているのを見つけて、カティヤは思わず息を呑んだ。

リーリヤだ。人の波に押されて、今にも潰れてしまいそうだ。

慌ててカティヤは室内を出て、すぐに庭園を走る。

リーリヤが居たらしき方向へ「リーリヤさん！」と声をかけると、群衆の中でも声が届いたのだろう、リーリヤが「カティヤ様！？」と声を上げるのが聞こえた。

人々に潰されそうなリーリヤを、野菜を抜く要領で引っこ抜く。

たたらを踏んだリーリヤが、そのままの勢いでカティヤにぶつかってきた。ほとんど押し倒されるようにして、二人して地面に横になる。

「あ！　あ、す、すみません！　私……っ、私！」

「大丈夫です。そちらは大丈夫でしたか？」

押し倒されたまま、カティヤは小さく笑う。

リーリヤが地面にそのまま衝突しなくて良かった。クッションになれたのであれば、カティヤとしては全く問題はない。

カティヤが笑っているからか、リーリヤも少し啞然《あぜん》とした様子を打ち消して、すぐに同じように笑う。くすくすと喉を鳴らすようにして笑い合っていると、屋敷の扉が開いて数人の使用人が駆け寄ってきた。その中にはブランシュの姿もある。

「カティヤ様！　大丈夫ですか？　……その方は？」

「大丈夫。手を貸してくれる？」

使用人によってゆっくりと体を持ち上げられる。背中の土汚れを軽く拭《ぬぐ》われながら、カティヤはリーリヤを見やった。

もちろん説明してくれますよね、とでも言いたげなブランシュの様子に、笑みを零しながらカテイヤはリーリヤの説明をした。

「この人はリーリヤ、前に……ほら、私が別邸を使った時のこと、覚えている？」

「もちろんです。あの時は本当に大変でした。お嬢様は真っ青だし、ルジェク様も慌てていらっしゃって、……その時にぶつかった方、ですか？」

ブランシュが首を傾げる。その通りだ。

「そう。その時にルジェクが手伝いに行った養護院で働いている、リーリヤさん」

「……初めまして、カティヤお嬢様の専属侍女《じじょ》である、ブランシュと申します。うちのお嬢様がご迷惑をおかけしたとか」

「えっ。いえ、そんな、そんなことはないです」

リーリヤが慌てたように首を振る。ブランシュの慇懃《いんぎん》無礼《ぶれい》な態度に驚いたような表情でいたが、カティヤが「ごめんね。いつもこうなの、ブランシュは」と続けると、朗《ほが》らかに笑った。

「その、素敵な関係性と思います」

「そうでしょうか、私はお嬢様に振り回されっぱなしです」

「もう！　ブランシュ！　……とにかく、リーリヤさんにお怪我がないなら何よりです」

カティヤは外へ視線を向ける。人の数は、全く減っていない。

「それにしても大変でしたね。良かったら少し、うちで休憩されていってはどうですか？」

「え！　で、ですが……」

「すぐにお茶を用意させます」

言いながら、カティヤはブランシュに庭園にあるテーブルと椅子の用意、並びに客人に対するお茶菓子の用意を頼む。カティヤのドレスを綺麗に拭っていたブランシュがゆっくりと頷き、会《え》釈《しゃく》と共にその場を去って行った。

「今、また戻っても、またむぎゅむぎゅにされてしまいますよ。少し時間が経ってからの方が良いかと」

「……むぎゅむぎゅ……」

カティヤの言葉にリーリヤが少しだけおかしそうに笑う。語感が気に入ったのか、むぎゅむぎゅ、ともう一度繰り返してから、カティヤを見た。

「でも、その、よろしいのでしょうか。お言葉に甘えてしまって」

「むしろ、私が誘っているのですから、断られたら少しだけ悲しいです」

カティヤはじっとリーリヤを見つめる。リーリヤは少しばかり惑うように視線を揺らし、それから「なら」と頷いた。

ユスティーナ子爵家は、別邸の庭も見事である。

綺麗に誂《あつら》えられた庭園の傍に、鎮座するテーブルと椅子。それに腰をかけながら、カティヤはリーリヤを見つめた。

リーリヤは今日も何かしら買い物をしていたのか、大事そうに紙袋を抱えている。人々の混雑によって、少しばかり形を変えたそれを、心配そうに指先で撫でる姿が見えた。

「もしかして、お急ぎなのに声をかけてしまったでしょうか」

「え？　――ああ、いえ、違うんです」

リーリヤが笑いながら、袋の口を開く。中から取り出したのは、花冠だ。小ぶりの黄色の花がいくつも折り重なり、美しい色合いを描いている。

「その、頂いたものだったので、崩れていないか少し心配で……でも、大丈夫みたいです」

カティヤは小さく息を零す。

頂いたと言うが、誰からだろうか、なんて考えて、なんだかその花冠に見覚えがある気がしてカティヤは唇を閉ざした。

リーリヤが取り出した花冠を、自分の頭の上に乗せてみせる。

黄色の花々で作られた花冠は、リーリヤのふわふわのピンクブロンドによく似合った。

「素敵ですね」

「ふふ。ありがとうございます。実は、近くで結婚式があったんです。その手伝いをしまして、終えた後に、友人からもらったもので……」

友人、という言葉が微《かす》かな柔らかさを帯びている。カティヤは小さく息を零して、嬉しそうな顔で花冠にそっと触れるリーリヤを見つめた。

「――でも、カティヤ様がお着けになられている、指輪だって、素敵です」

カティヤが着けている指輪——というのは、ルジェクから贈られたもののことを言っているのだろう。

市場でルジェクから贈られた花の指輪を、カティヤは出来る限り身に着けている。

そもそも、ルジェクと別れることは確定しているのだから、こうやって渡されたものを身に着けている時点で、未練《みれん》がましい行為とも取れるかもしれないが。

「それ、ルジェク様に贈られていたものですよね」

「知っているんですか？」

「はい。その——すみません、ぶつかる前に……、お二人のことを見ていて。そうやってぼんやりしていたから、ぶつかってしまったんだと思うのですが！」

リーリヤが困ったように笑う。そうしている内に使用人がやってきて、ティーカップとティースタンドを置いて行く。趣向を凝らしたお菓子を見て、リーリヤが途端に目を輝かせるのがわかった。

「美味しそう……！」

「どうぞ召し上がってください」

「ありがとうございます。嬉しい」

壊れ物に触れるように、リーリヤがお菓子を摘まむ。形を楽しむようにゆっくりと見つめてから、お菓子を口の中に入れ、嬉しそうに頬を緩ませた。

ころころと表情が変わるところを見ていると、なんだか微笑ましくて嬉しくなってくる。

ゲーム内で、カティヤが——杏が動かしていた主人公である。

そもそも好意を持っているし、ルジェクと同じく、幸せになってほしいと思う。

そう考えて、カティヤは不意に、なんとも言えない思いが胸の中に広がっていくのがわかる。

先日の夜から、ずっと考えていたこと。——今に至るまで、考えていたことが、じんわりと心の奥底を浸していくのがわかった。

「カティヤ様！　これ、すっごく美味しいですね。カティヤ様も！」

「——良かった、お口にあったようで。私も頂きますね」

リーリヤが急《せ》かすように言葉を続け、そうしてからカティヤも同じようにお菓子へ手を伸ばす。

一口頂くと、口の中に柔らかな芳香が広がるのがわかった。花の香り付けがされているのだろう、さっぱりとした口当たりであるというのに、それ以上に濃厚な味が舌を喜ばせる。

王都の新商品だろうか。今度自分達の領地でも取り入れてもいいかもしれない。

「美味しいですね……」

「はい！　——そうだ、カティヤ様、ルジェク様はいらっしゃらない……ですよね」

「ルジェクですか？」

「はい。先日のお礼をきちんと申し上げたいと思っていて……ですが、また後日にします」

リーリヤは首を振る。

「もし、ルジェク様がいらっしゃったら、カティヤ様を巻き込んで転んだ時に、絶対にすぐ駆けつけてくるだろうなあと思ったんです」

弾んだような口調に、カティヤは小さく笑って返す。

リーリヤの言う通り、ルジェクは今別邸には居ない。先んじて王城に呼ばれ、そこで明日行われる狩猟祭に関する説明を受けているはずだ。夜まで帰って来ないと聞いている。

だから、リーリヤはルジェクとは会えないのだが、――ただ、リーリヤはゲームにおける主人公である。

狩猟祭に迷い込むルートも、ゲーム中にはいくつか存在した。特に印象深いのは、第二王子のルートで、魔法動物に襲われたリーリヤを第二王子が守ってくれるイベントだろうか。攻略対象に貴族が多いこともあり、リーリヤは基本的に多くのルートで狩猟祭に、望んだことではないにせよ、参加していた風に思う。

だから、もしかしたら、主人公特権的な何かで――、リーリヤが望めば、どこかでルジェクと顔を合わせる可能性は、なきにしも非《あら》ずだろう。

「実は、ルジェクは狩猟祭に参加するんです。なので、今日は王城に呼ばれていて」

「そうだったんですね。狩猟祭に……ご活躍が楽しみですね」

「そうですね。ルジェクは魔法も、剣技も上手ですから」

笑って返すと、リーリヤは顔を綻《ほころ》ばせる。そして、「カティヤ様は、ルジェク様のことを話される時、とても優しい顔をしますね」と続けた。

「素敵だなあ、と思います。羨ましいです。お二人の関係性、……私も、そうなりたいと思います」

カティヤは小さく息を呑む。リーリヤを見つめる瞳が僅かに揺れるのが自分でもわかった。

どうしよう――。ぽつりと水滴が落ちるように心の中に波紋《はもん》が広がる。

それはあの日、何もかもを振り切るように足を踏み出した夜からずっと、カティヤの心を巣くっていた感情だ。

カティヤは。――悪役令嬢であるカティヤは、本来なら、ルジェクのことをいじめ倒す役割を担っていた。

けれど、カティヤが杏になってしまってから、そういう言動は一切出来ていない。

というか出来なかった。結果として、ルジェクはカティヤのことを――大切に思っている。

恐らく今後、ルジェクのことを一ミリも幸せに出来ないカティヤのことを。

ルジェクを突き放した夜のことを思い出す。あの日考えたことが、まるで忍び寄るようにして、カティヤの体を羽交《はが》い絞《じ》めにする。

「――っ、私は……私……本当は……」

本当は。

こんなつもりじゃなくて。

推しを幸せにしたいという気持ちはあった。ただそれだけで。

本当に？　と心の奥底から声がする。本当にそれだけだったのだろうか。

推しを幸せにしたい、と。

――主人公であるリーリヤではなく、カティヤが、幸せにしたいと思う気持ちが、一ミリもなかったと、言えるのだろうか。

カティヤは唇を噛む。そうして心中で首を振った。

それはきっと、言えないだろう。下心が一切なかったとは、きっと、言えない。

幸せにしたいと、健やかであってほしいと、強く願っていたのは、確かなのだ。

「カティヤ様？」

「私……ごめんなさい……リーリヤ、取り返しのつかないことを……」

喉が震える。

リーリヤからしたら、唐突に泣き出されて、困りものでしかないだろう。

困惑ばかりが恐らくリーリヤの胸中に滲んでいるだろうに、それでも彼女は、カティヤに手を伸ばしてくる。席を立ち、そのままカティヤの体をそっと抱きしめてくる。

「――リーリヤさん？」

「いいえ、リーリヤ、とお呼びください。カティヤ様、私は貴女のことを、心の底から全て理解しているとは、言えません。貴女が何に悲しんで、苦しんでいるのかも、私にはわからないのですから。でも」

カティヤの肩を抱きしめる指先が、そっと撫でる。

大事に撫でていた花冠から、僅かに花弁がほろりと落ちて、カティヤの鼻先を舞う。澄んだ匂いが、鼻腔《びこう》に触れる。

「私の体温を、分け与えることは出来ます。カティヤ様、どうか泣かないでください。こんなことを言ったら、怒られるかもしれません。ですが、私、カティヤ様のことは他人のように思えないのです」

「……リーリヤ……」

「はい。カティヤ様。そうだ、もっとお菓子を食べましょう。美味しいものを食べたら元気が出ると、今日会った人も言っていました！」

カティヤ様が用意してくださったものですが、と言いながら、リーリヤはティースタンドから美味しそうなお菓子を摘まむと、そのままカティヤの口元に寄せる。

開いた唇にそのお菓子がそっと投げ込まれた。咀嚼せざるを得ない。嚥下《えんげ》をして、リーリヤ、と名前を呼ぼうとすると、またすぐにお菓子が運ばれる。

ティースタンド一皿分、カティヤにお菓子を手渡したリーリヤは、続いて軽食の皿にも手を出そうとした。それを慌ててカティヤは口元を覆って止める。

このままでは永久に食べさせられることになるだろう。

カティヤの行動に、リーリヤが小さく笑った。そうして、「元気は出ましたか？」と囁くように続ける。

出ていない、と答えたら、多分二段目の軽食をさらに詰め込まれることになるのだろう。

それが想像出来て、カティヤはふ、と息を零す。零しかけた涙が、そのまま喉の奥へ落ちていくような、そんな気がした。

「――大丈夫です、元気、出ました」

「それは良かった！　カティヤ様が用意してくださったお菓子なのに、なんだか私のもののように扱ってしまって、すみません」

「いえ、そんな。……リーリヤ、貴女は、とっても優しいのですね」

知っている。――知っていた。

だから、好きになった。だから、ルジェクとリーリヤのルートが好きだった。

優しいリーリヤと、傷ついてしまったルジェク。

二人が少しずつ関わりを通して、お互いを大事に思い合うルートを、何度もクリアして、何度も涙した。

　幸せになってほしいと、これからの日々を幸せに生きていてほしいと、願った。

「リーリヤ、好きな人は居ますか？」

「……はい、居ます」

「……ルジェク、では、ないですよね」

「まさか！　違う人です。その、ずっと前から好きで……」

リーリヤは照れたように笑う。頭につけている美しい黄色の花冠。見覚えのあるそれの、既視感をようやく探し当てることが出来た。

それを手渡されるルートを、カティヤは——杏は、知っていた。

リーリヤの幼なじみ、インバスのルートでのみ、花冠は手渡される。

インバスはリーリヤと同じ養護院出身で、成長してからは魔法細工士として生計を立てている。

美しい紋章痕のせいで、幼い頃から危ない目に遭うことの多かったリーリヤを、影に日向《ひなた》に守り続けてきたのがインバスだ。穏やかで、優しくて、温かな空気が二人の間に漂《ただよ》っているような、そんなルートだった。

花冠が手渡されるのは、インバスルートに進んで少しした頃のイベントだ。インバスと共に、結婚式に参加したリーリヤが、とあるアクシデントを経《へ》て手に入れることの出来る、少しだけ不格好な、花冠。

恐らく、リーリヤの好きな人は、インバスなのだろう。

ゲームだったら、他のキャラクターが出そろってから、ようやくインバスルートへの道が開ける。

それを考えると、現時点で花をもらうまでイベントが進んでいるのは、おかしい。確実に、進行が狂ってしまっていると言えるだろう。

けれど、それには全て、ゲーム内だったら、という言葉が付く。

「……素敵ですね。もし婚姻を結ばれる際は、是非呼んで頂けませんか？　お祝いしたいです」

「えっ。そ、そんな、早いですよ。まだ、その、付き合ってもいなくて……。でも、はい、その時は……、是非」

リーリヤが嬉しそうに頬を赤らめる。

リーリヤはインバスのことが好きなのだ。——インバスを好きなリーリヤが、ルジェクのルートに進むことはない。

そんな相手に、ルジェクを幸せにしてほしいと、願うことは許されるだろうか。

それはきっと、許されないだろう。

もしも——もし、カティヤが、ゲーム通りルジェクをいじめ倒していたら、もっと違う未来があったかもしれない。

だが、そんなことは出来なかった。出来たとしても、したくなかった。

どうしようもない我《わ》儘《まま》だ。けれど、どうしようもないくらい、好きだったから。

カティヤは小さく息を零す。

振り払ってきた様々な考えが、見ないようにしていた多くの感情が、足の先からゆっくりと上ってくるような気がした。

「私は……ルジェクと、離縁をしようと考えていたんです」

「え!?　ど、どうしてですか？」

「私は、その方が、ルジェクは幸せになれると思っていて——」

カティヤでは幸せに出来ないから。

ルジェクは、リーリヤと居てこそ、幸せになると信じていたから。

けれど、――それは、押しつけに他ならない。

カティヤは生きていて、リーリヤだって生きている。――ルジェクも。

ゲーム内で、与えられたスクリプトに則《のっと》った発言しかしない、攻略対象や、主人公ではないのだ。

カティヤでは、ルジェクのことを幸せに出来ないかもしれない。

もしかしたら、――もしかしたら、とてつもなく不幸な目に遭わせてしまうかもしれない。

けれど、それでも、傍に居たい。ルジェクと共に、これからの日々を過ごしたい。

無理に愛さなくても結構です、と言っておいて、とカティヤは小さく自嘲する。

どうしようもなく、愛されたくて、仕方無かった。健やかになるところも、幸せになるところも、笑顔も、全て全て、カティヤが独占したくて、仕方無かった。

「でも――ごめんなさい。私、ルジェクのこと、……好き、なんです」

「……よ、よかった。びっくりしました。離縁なんて、そんな、ルジェク様に言ったら大変なことになりますよ」

ほっと胸を撫で下ろしたような様子で、リーリヤが笑う。

「だってルジェク様、カティヤ様のこと、愛していらっしゃいますから」

と言葉を続けた。

「見ていてわかります。愛おしい相手を見る目、声、表情。どうか、幸せになってください」

カティヤは目を細めて返す。

少しだけ泣きそうになって、それを隠すように軽食の乗った皿から小さなパンを一つ摘まんだ。

それを、リーリヤの口元に寄せる。リーリヤが驚いたような顔をして、けれどすぐ、嬉しそうに口を開いた。小さな口がパンを飲み込み、咀嚼する。

その様子を見てから、カティヤはもう一度他の軽食を手に、リーリヤの口元に寄せた。

リーリヤが慌てたように口を開く。

先ほどのお返しであることに気付いたのだろう。もぐもぐと動く口元を押さえながら、「んー！」と怒るような声がした。

ふ、と息を零すようにして笑い、カティヤは手を止める。リーリヤがカティヤ様！　と怒ったように声を上げるのが聞こえた。

「ごめんなさい。食べる姿が可愛らしくて、思わず」

「もう！　こんなに美味しいのに、急いで食べることになっちゃったじゃないですか……！」

「ごめんなさい。——また、良かったら来てください。普段はユスティーナ領に居るのですが……、王都に来た時、また声をかけさせてください」

「もちろんです！　沢山、お話ししてください」

リーリヤが嬉しそうに笑う。

カティヤはその様子を見ながら、同じように笑みを零した。

日が落ちる空を眺める頃に、リーリヤが席を立った。

「明日、私や養護院の子ども達は狩猟祭を見られませんが……、応援しています！」

「ありがとうございます。ルジェクにも伝えておきますね」

会釈をして、カティヤは心ばかりのお土産を渡してから、外の様子を窺《うかが》う。

少しばかり人出は少なくなっており、大事な花冠が潰れることはないだろう。これなら、安心して送り出すことが出来る。

手に大きな袋を持って、楽しげに手を振って出て行くリーリヤの姿を立って見送る。

そうしてから、カティヤはもう少しだけ、庭園で時間を過ごすことにした。

もし、ルジェクと婚姻を結んだ時に戻れたら、自分はどうするだろう。

リーリヤと会う時のことを考えて、いじめ、人のように扱わず、過ごせるだろうか。

考えて、無理だろう、とカティヤはすぐに首を振る。

幸せになってほしい。健やかでいてほしい。そう思うからこそ、そのように行動をした。

だからきっと、——杏がカティヤである限り、同じことをしてしまうだろう。

とてつもない我が儘だ。とてつもなく、自分勝手だ。けれど。

推しを幸せにしたいという気持ちは、最初からずっと、変わらない。

橙色の空が、少しずつ薄い暗闇《くらやみ》に塗《まみ》れていく。

夜が近くなると、少しばかり肌寒くなってくる。

別邸の庭は、本邸に比べると、少しばかり手狭だが、在中する庭師による趣向が凝らされているため、カティヤは別邸の庭も好きだ。風が通る度に、少しの冷気と、涼やかな花の香りを運んでくる。

ぼんやり、夜の帳《とばり》が落ちゆく空を眺めていると、不意に門扉の軋む音がした。

見ると、ルジェクが立っている。

ルジェクはすぐにカティヤに気付いたらしい。早足に駆け寄りながら、「カティヤ？」と語尾を持ち上げた。

「……どうかされたのですか？　日が暮れて、風が冷たくなってきたでしょう。外に居ては風邪を引きます」

「……居たかったんです」

「……誰かを待っていたんですか？」

ルジェクが僅かに息を呑む。カティヤはルジェクを見つめた。

酷い言葉を口にした。

無理に愛する必要はない、と言い切って、幸せに出来ない、と突き放した。

ルジェクはいつだって、力になりたいと、助けたいと言ってくれていたのに。

カティヤは唇を開く。そうしてから、「ルジェクを」と静かに声を上げた。

「貴方《あなた》を、待っていたんです」

「……カティヤ。……そんなことを言われたら、俺は……」

「ルジェク。狩猟祭が終わったら、話したいことがあるんです」

「話したいこと、ですか？」

ルジェクが瞬く。カティヤはじっと、視線を逸らさずにルジェクを見つめる。

「——もちろん、大丈夫です。狩猟祭の後、すぐに会いましょう。カティヤの部屋へ向かいます」

「お待ちしています」

カティヤは頷く。

沢山、話したいことがある。

色々なことも、何もかも、沢山。謝らなければならないことだって、沢山。

振り払うものではない感情を、捨て去って良いものではない言葉を、心の中に秘めながら、カティヤはルジェクに笑みを浮かべた。

「狩猟祭、……頑張ってください。リーリヤも、応援しています、と言っていました」

「リーリヤさんと会われたのですか？」

「はい。少し前まで、色々とお話ししていました。……友人、と言っても、多分、過言ではないと思います。王都に来る度に、また会おうという約束をしました」

「それは素晴らしいですね。その時は俺も呼んでください」

ルジェクが微笑む。柔らかな笑みだ。

それを、カティヤが独り占めしていること。それに対する罪悪感めいたものがない——とは、言い切れないだろう。

けれど、それでも。

それでも、傍に居たいと、思った。

だからきっと、それが、カティヤの答えだった。

第6章　狩猟祭

狩猟祭《しゅりょうさい》の日がやってきた。

王都を舞台に、多くの人々に開かれている豊穣祭《ほうじょうさい》の催《もよお》しの一部でありながら、狩猟祭に参加出来るのは貴族のみである。

また、見物も貴族以外は認められておらず、それもあって貴族でない者の中には、度胸試しのように森へ潜み、狩猟祭を見ようとする人も居るのだという。

ゲーム内でも、攻略ルートの中には、こういった忍び込んだ平民と、偶然にも会場に入ってしまったリーリヤが邂逅《かいこう》する、というものもあった。

森に放たれる動物は、今日のために作られた魔法動物達だ。

魔法道具を作る職人達が丹精に、そして丹念に己の技巧の全てをかけて作り上げ、細部に至るまでこだわって育て上げた、自身の考えた最強の動物！　というやつである。

技巧を凝《こ》らして作られただけあり、戦闘能力が高い。

そして、それらには全て、首元にタグが付いている。それらは魔法動物の動力源となっており、狩りの後に千切《ちぎ》ることで魔法動物の動きを完全に静止させることが出来る。参加者は、それらのタグの数、並びに内容によって、勝敗を決めることになる。

小型であればタグは質素なものとなり、大型であればあるほど、タグも豪華になっていく。

魔法道具師達からしたら、もし自身の作った動物がタグを取られずに生きながらえたら、それだけで自身の技巧を王に売り出すことが出来るし、例えタグを取られたとしても、作り出す数が多かったなら、量産可能な技術を用いていることを披露《ひろう》出来る。

参加する貴族からしたらタグが多ければ多いほど、自身の強さを王に示すことが出来る。

どの結果でも参加する人々にメリットのある催しなのだ。

とは言っても、毎年、張り切りすぎて誰も討ち取れない凶暴な魔法動物を作り出す者もいるし、謀《はかりごと》をして他の貴族からタグを奪う者も出てくる。まあまあ血なまぐさい祭ではある。カティヤの父も、他の貴族の策略により何度か怪我《けが》をしたことがあるほどだ。

王都近くの森、柔らかな草の上に足を下ろし、カティヤは小さく息を吐く。

刺繍《ししゅう》の入った、絹地の肩掛けを指先で優しく押さえる。

今日のドレスは、祭にふさわしい、華やかな色合いのものを着用している。黄色の布地を折り重ねてギャザーを作った、膨《ふく》らみのあるスカートに、胸元と袖口を彩《いろど》る何層ものレースが印象的だ。スカートの裾には花の刺繍が入っている。銀糸で丁寧に刺されたそれは、動く度に華やかさを演出する。

胸元にはルジェクの瞳と同じ色の宝石が付いたネックレスを着用している。白金のチェーンで吊るされたそれは、柔らかく陽光を照り返し、上品さを演出していた。

森に入る少し前の辺り、切り開かれ、平地になった場所には、既にいくつかのテーブルがセッティングされていた。大きな日傘を頭上に掲げたそれらの席は、既に埋まりつつある。

恐らく、参加する子弟などの結果を待つ間、歓談して過ごせる、ということなのだろう。テーブルを見ていると、見知った顔がいくつかある。その中には、ルジェクの弟であるライルも居た。

ライルを見た瞬間、視線に気付いたのか偶然にか、ライルも顔を上げてカティヤを見た。

そして、あからさまに機嫌を悪くした様子ですぐに視線を逸《そ》らす。

挨拶をするべきなのだろうが、今行ったところで、確実に追い返されて終わるだろう。狩猟祭の後、人が引いてきた頃に挨拶に伺うことにしよう、とカティヤも目を逸らした。

周囲を眺める内に、他にも数人の見知った顔を見つけ、カティヤは少しばかり胸を撫で下ろしながら、隣《となり》に立つルジェクへ視線を向けた。

ルジェクは、狩猟という場に赴《おもむ》くこともあり、今日はブラウンのウェストコートを身に纏《まと》っていた。その下には厚手のシャツを身に着けており、どれもルジェクの体型にぴったりと添うように作られている。

白色のパンツは、保護魔法がかけられて、摩《ま》耗《もう》や衝撃に強くなっている。首元にはスカーフを着けており、端の部分には花の刺繍がされていた。よく見ると、それは、カティヤの紋章痕《もんしょうこん》をモチーフとしているものである。

カティヤが、ルジェクの瞳の色と同じアクセサリーを身に着けるとブランシュから聞いたらしく、衣装を誂《あつら》えるその日に、「俺も貴女《あなた》と同じ何かを、身に纏うことは許されるでしょうか」と尋ねられ、そうして、出来上がった代物だ。

どれも、今日のために用意された衣服である。

それらを綺麗に着こなしている辺り、流石《さすが》、流石推し……！　と心の中でカティヤは喝采《かっさい》した。

ルジェクはすぐにカティヤの視線に気付き、柔らかく微笑《ほほえ》みを浮かべて見せる。

「カティヤ。どうかされましたか？」

「……いえ、その、ルジェク。応援しています、凄《すご》く、凄く……！　ですが、お怪我だけはなさらないように、お気を付けください」

ルジェクがもの凄く強いということを、カティヤは知っている。

だから恐らく、問題なくこの日を切り抜けるだろうということも。

だが、それでもやはり、祭を目の前にしてみると、少しばかり不安の芽が顔を出してくる。

ルジェクはカティヤの言葉に瞬《しばた》くと、嬉しそうに頬を赤らめた。

そうして、「ありがとうございます。カティヤ。貴女が俺を見て不安にならないように、傷一つ付けずに帰ってきます」とだけ続ける。

完全に強者の雰囲気である。そしてそれが実際出来そうなところが、ルジェクの凄いところだ。

思わずカティヤは一瞬だけ呆《ほう》けて、それから小さく笑う。

不安に思う心が、ゆっくり、解《ほど》けるように消えていくのがわかった。

ふ、と息を零すカティヤを優しい瞳で見つめ、ルジェクは僅《わず》かにカティヤへ身を寄せる。そうして、耳元で囁《ささや》くように言葉を続けた。

「この後、——以前にも言った通り、どうか、俺との時間を取ってくださいね」

「それは……ルジェクこそ。騎士の叙勲を頂くことになって、沢山の人に囲まれて、私と話す時間が取れなかった、ということはやめてくださいね」

ルジェクが小さく喉を鳴らすようにして笑う。「それはあり得ません」と、朗《ほが》らかに言葉を続けた。

「俺が何より優先するのはカティヤ、貴女だけです」

甘い声が耳朶《じだ》を打つのと同時に、ルジェクがカティヤから身を離す。

遠くから集合を知らせる金管楽器の音色が響いてきて、ルジェクが居住まいを正した。そうして、カティヤを見て、穏やかに笑う。

「行ってきます、カティヤ」

「……行ってらっしゃい、ルジェク」

囁くように言葉を交わしてから、カティヤは、遠ざかっていくルジェクの背中を見送った。

程なくして、森の四方から魔法動物が放たれる。

それから間を置いて、狩猟祭の開始を知らせる魔法が、空でパッと飛び散りながら破裂音を鳴らした。

狩猟祭はつつがなく開始したようである。そうなると、カティヤの出来ることは全くと言って良いほどにない。

基本的に、この世界に実況用のカメラなんてものはない。森の中は既に暗部と化しており、終了を知らせる魔法がまた発動するまで、中を窺うことは出来ない。

カティヤは、見知った令嬢達が囲むテーブルに、誘われてお邪魔することになった。

見知らぬ顔もいくつかあったが、すぐに相手が自己紹介をするので、カティヤも同じく自己紹介をする。

令嬢達の話題は、多岐《たき》に渡る。今流行《はや》りのものから、最近の時勢について。

紅茶を飲みながらする話は、時折いやに緊張感が走り抜ける。

歓談は情報収集を兼ねている面もあるため、仕方無いと言えば仕方無いのだが、楽しくお喋りするだけ、といかないのが大変だ。

特に、ユスティーナ領に関しては、商人から成り上がった貴族ということもあり、情報が少ないのだろう。それとなくお互いの領地についてなどの話題が出てくる。全てをさらけ出してしまえば、その時点で利用価値がなくなってしまう。

情報を小出しにしながら、それでも、相手と関係性を望んでいることを伝えるような——細い糸の上を注意しながらゆっくりと歩くみたいに、カティヤは令嬢達の中に溶け込むように四苦八苦した。

その甲斐《かい》もあって、数十分もした頃には空気がだいぶ打ち解けたものとなる。

話は時勢から婚約者についてへと変わっていく。

相手の紋章痕《もんしょうこん》がどうだとか、自身の紋章痕はどうだとか。紋章痕はやはり、貴族の令嬢にとって、結婚の決め手となるものであるらしい。

「カティヤ様は、その、ルジェク様とご結婚なされていますよね」

話題が進んだ頃、少しばかり恐る恐る、といった様子で令嬢の一人が言葉を続けた。カティヤは頷《うなず》く。

「はい。私にはもったいないくらい、良い人で」

「……ですが、その、ルジェク様は腐《くさ》り根《ね》——いえ、紋章痕が貧相とお聞きします」

「だから右手をずっと隠しているのだとか。カティヤ様、見たことはありますか？」

「そうそう！　それに、紋章痕は子どもにうつる、と言われています。カティヤ様、『腐り根』の方と婚姻を結ぶのは怖くなかったのですか？　子どもに、腐り根がうつったら、と」

一人の令嬢が口を開くと、矢継《やつ》ぎ早《ばや》に疑問が飛んでくる。

カティヤは少しばかり面くらいながら、その一つ一つに答えることにした。

「ルジェク様の紋章痕を見たことはありません」

「ええ……っ、それでは相手の紋章痕を見ずに婚姻を決めたのですか？」

「はい。ルジェク様が見せたいと思った時に、見せてもらえれば、それで良いと考えています。それと――子どもに関してですが」

カティヤは首を横に振る。

紋章痕は恐らく遺伝しない。多少なりとも、カティヤのように父母の形に似ることはあるが、それも偶然だろう。

多くの人々は、『遺伝する』という噂《うわさ》を鵜呑《うの》みにして、必死になって子どもの紋章痕から自身の痕跡を見つけ出そうとする。僅かでも似ている部分があれば、ここは父からの遺伝だ、ここは母からの遺伝だ、と皆が言うので、そう思われているだけだ。

だから、カティヤは子どもの紋章痕に関しては全く気にならない。

たとえ『豊穣の根』であろうと、『腐り根』であろうと、どっちでも良いと思っている。

だがそれを口にしたら、令嬢達から確実に距離を置かれるであろうことはなんとなく想像が出来た。これからのことを考えて、差《さ》し障《さわ》りのない言葉を口にするべきだろう。

「もし遺伝したとして、私とルジェク様の紋章痕ならば、きっと綺麗な形になるかと」

「ですがもし、ルジェク様の紋章痕のみが遺伝したらどうするのですか……？」

またも恐る恐る、といった様子で紡がれた言葉だった。つまり子どもも腐り根だったらどうするのか、ということだろう。カティヤは笑みを浮かべる。答えは決まっていた。

「愛します。沢山、――誰よりも私が、子どもに愛を捧げます」

豊穣の根であろうと、腐り根であろうと、ルジェクとの間に授かった子どもなら。

囁くように言葉を口にして、カティヤはティーカップに手を伸ばす。

柔らかな湯気を立ち上らせるそれの向こうで、令嬢達がなんとも言えない顔をしている。

当然だろうな、と思いながら、けれど言葉を翻すことはなく、カティヤは様々な気持ちを紅茶と共に一緒に飲み下した。


狩猟祭は二時間ほどで終了した。始まった時同様、魔法が空に弾け、終了の合図を知らせる。

程なくして、森の中から狩猟祭に参加した人達が帰ってくる。その中にはルジェクの姿もあった。

ルジェクは、カティヤに気付くと嬉しそうに笑う。

その姿は、先ほどまで魔法動物と戦ってきたということを感じさせない。傷一つ付けずに帰ってくる、という宣言通り、傷はおろか、泥汚れすら一つも見当たらない。

――それなのに、持っているタグの数は膨大である。今更ながら、ルジェクの強さを再確認しつつ、カティヤはルジェクに手を伸ばした。

「お疲れ様です！」

「……ただいま帰りました」

ルジェクが少しだけ照れたような表情で、そのままカティヤの腕の中に飛び込んでくる。

背中に手を回すと、程なくしてルジェクの手が、そっとカティヤの背中に触れるのがわかった。

ぎゅう、と少しだけ強く抱きしめられて、ちょっとだけ苦しい。

カティヤが小さく笑うと、ルジェクも同じように笑った。

「カティヤは、どうでしたか？　多くのご令嬢とご歓談されていたと思いますが、……楽しかったですか？」

「もちろん。色々と意見を交換して、楽しかったです。――けれどルジェク、凄いタグの数ですね。これはもう優勝、名誉騎士を叙勲されちゃうのでは」

「そうでしょうか？」

カティヤの言葉にルジェクが小さく笑う。倒しきれなかった、もしくは、見つけられなかった魔法動物達が、魔法道具師によって少しずつ集められていくのが見えた。彼らは今日の役目を終えた後、改修されたり、はたまた、また違った用途に使うべく、機能を変化されたりするらしい。

ただそうはいっても、一応今のところは人を襲うための機能が付いているものばかりである。

魔法道具師が一つずつタグを千切《ちぎ》っていく姿を眺めていると、「おい！」と、怒りの滲《にじ》んだ声がかかる。見ると、肩を怒らせながら、一人の男性が近づいてくるのが見えた。

年の頃は、恐らく十六、十七くらいだろうか。今日のために誂えられたであろう衣服が、僅かに泥に塗《まみ》れ、裾の部分が切れているのが見える。

「お前！　俺の獲物を横取りしただろう！　あともう少しで俺が倒しきるところだったのに！」

「……ええと」

ルジェクが眉根《まゆね》を寄せる。一切覚えがないらしい。

相対した男性は、怒ったように眉根を寄せたまま、「知ってるぞ、お前、レーヴェンハイト伯爵《はくしゃく》家《け》の恥晒しだろう！」と言葉を続けた。

「腐り根は泥棒も得意なんだな！」

「ちょっと――！」

急に来て、罵詈雑言《ばりぞうごん》を口にするなんて、許せない。しかも腐り根という蔑称まで使っている。何がなんだかわからないが、流石に看過《かんか》は出来ない。そもそも人の注目を集めている。騒動を見てか、ひそひそと話をする人まで出てきている。

このままでは、ルジェクがきちんと自分の実力で取ってきたタグにもかかわらず、泥棒をして手に入れたものだと思われてしまう。

怒りを吐き出しそうになって、けれどカティヤは慌てて呑み込む。

いけない。ここで怒鳴ったら相手の思うつぼである。した、してないの水掛け論になれば、一生決着が付かないこともあり得るだろう。カティヤはゆっくりと呼吸をした後、目の前の男性をじっと見つめた。

「もちろん、そうやって難癖をつけるということは、根拠があってのことなのですよね」

「そいつが『腐り根』なのが一番の証拠だろ！」

言いながら男性は、周囲に見せびらかすように自分の紋章痕を掲げる。ライルが身に着けていたものと同様の、紋章痕を誇示するかのような装飾具が指にはまっていた。

形は——水の波紋《はもん》のようで、確かに美しいと言えば、美しいだろう。

「紋章痕は美しいほどに魔力の通りが良くなり、魔法も卓越したものになる。だが、その腐り根はどうだ？　魔力の通りは悪く、魔法だって下手になる。右手を隠すほど貧相な紋章痕なのに、そんなにタグを持っている、それこそがおかしいだろ！」

カティヤは僅かに息を零す。それが根拠だと言うのなら、見当外れと言うしかないだろう。

カティヤは知っている。ルジェクの魔法がどれほどに正確で、美しく、そして素早く発動することを。ルジェクの積み重ねてきた努力が踏みにじられているような感覚を覚えて、カティヤは言い返そうと口を開いた。その瞬間のことである。

動物の——沢山の動物の声が混ざったような、そんな悲鳴のような音が、鼓膜《こまく》を強く揺さぶった。

吐き出そうとした言葉が、そのまま喉の奥へ落ちていってしまう。

声の方向を見ると、集められていた魔法動物の一体が、口をぱっくりと開いて叫んでいるようである。

大きさは兎《うさぎ》ほどだろうか。

それが、声が大きくなるにつれて膨張していく。小さな四肢が風船のように膨《ふく》らみ、頭はぱっくりと四つに分かれ、内部から触手らしきものが何本も覗いている。

瞬く間に膨張を続ける魔法動物は、明らかに魔法道具師による制御が出来ていない様子だった。自身で作り上げた魔法動物であろうに、タグを千切れず、その上、逃げもせずにその場にへたり込む魔法道具師の姿が見える。

触手がぶるりと震え、粘液のようなものが地面に落ち、草木が一瞬で黒く焼かれる。それを見た令嬢達の悲鳴が上がった。

事態を察した人々が、我先にと逃げ出す。触手が逃げ出した人々を追うように動くのが見えた。粘液が動きと同時に周囲に飛散され、そこかしこで物が焼ける臭いがする。

この場には、見つけられなかった魔法動物と、倒しきれなかった魔法動物が集まっていた。恐らく、あの魔法動物は、倒しきれなかった方に分類されるものなのだろう。

場が一瞬で狂乱の渦《うず》にたたき込まれる。

ずる、ずる、と粘着質な音を立てて、魔法動物は移動を始めた。触手が蠢《うごめ》いて、近くに居たタグの切られた魔法動物を捕らえては、まるで弄ぶように人々の波へ投げつける。

その最中、へたり込んだままの魔法道具師を触手で摑《つか》んだ。衣服が焼ける臭いがする。粘液で草木を焼くのだから、当然、衣服なんかはひとたまりもない。

「た、助けて……！　助けて！」

捕えられた魔法道具師が、必死に声を上げる。

だが、この場に、その答えに返すような余裕のある人はいない。誰もが押し合いながら、出来る限りこの場から離れようとする。

逃げ出すべきか、それとも迎撃をすべきか。考えて、カティヤは巨大化した魔法動物の方を見る。

助けて、と言われているのだ。助けなくてはいけない。ここで逃げ出したら、カティヤはきっと、ずっと後悔するだろう。だから、逃げない。

瞬時に紋章痕へ魔力を巡らせる。花のようなそれが美しく輝きを増した。紋章痕の隅々まで魔力が行き渡るのを、長年の経験で察知しながら、カティヤは魔法を打つべく手を動かした。

傍《そば》に居るルジェクも、カティヤのすることをすぐに察したのだろう。右手に力を込めて構える。

「カティヤ、手伝います」

「ごめんなさい、ありがとうございます」

ルジェクが微笑む。穏やかで、優しげな笑みは、混乱のただ中にあっても変わらない。それになんだかほっとしながら、カティヤは魔法を放つべく、指先を動かした。

その瞬間、カティヤとルジェクに因縁を付けてきて——今の今まで、状況を理解出来ず呆けていた男が、不意に「やめろ！」とカティヤの手に手を重ねてきた。

唐突な行動に、カティヤの魔法が暴発する。放った魔法が、全くもって想像していない挙動で、魔法動物の体を掠めた。

「こっちが狙われるだろ！」

男が叫ぶ。苛立《いらだ》たしさが含まれたそれに、カティヤは一瞬だけ呆けて、それからすぐに言葉を返す。

「狙われるって、何を言っているの？」

「あんな奴、放っておけばいいんだ！」

先ほどまで、ルジェクに対して因縁を付けてきたくせに、と歯噛《はが》みをしながらカティヤは男を睨む。僅かな緊張感が二人の間に満ち、そして、魔法動物の咆吼《ほうこう》によって、すぐに弾けた。

魔法動物の向ける殺気が、カティヤに向かう。

子どもの手遊びほどの魔法であっても、魔法動物の怒りを買うには十分だったらしい。

確実にカティヤに狙いを定めた魔法動物を見て、男がカティヤ達から距離を取るようにして逃げる。触手が蠢き、先ほどまでの鈍重な動きが嘘のように、それがカティヤを狙った。

——その、一瞬。

ルジェクが、カティヤを背に守りながら、指を振るった。

革手袋の下に隠された紋章痕が光を帯びたのか、隙間《すきま》から僅かに光芒《こうぼう》が漏れるのが見えた。

美しいきらめきだ。それが収まるよりも早く、カティヤを狙った触手がぱん、と弾ける。

まるで元から何もなかったかのように、消失してしまっていた。

時を置かずして、魔法動物の周囲にふわ、と泡が舞う。まるで幻想的な風景は、魔法動物の触手が泡に触れた瞬間、消え去る。

泡の中には超高密度の風が逆巻いているらしく、触れた部分から触手は一瞬で千切れ、跡形もなく消えてしまうようだった。

魔法動物がうめき、逃げ出そうとする。

だが、その泡がいくつも、いくつも周囲を漂いながら、吸い寄せられるように魔法動物に触れていく。捕らえられた魔法道具師が振り払われ、宙に投げ出される。

すぐにカティヤは魔法を行使《こうし》して、魔法道具師の体を風で浮かせ、ゆっくりと地面に下ろした。

その間も、一方的とも言える戦いは、ずっと続いていた。

魔法動物は、数瞬もしない内に小さな塊となってしまった。ルジェクがまた指を振り、千切れ、落ちてしまったタグを手元に寄せる。

そうしてから、男性へ視線を向けた。

「タグが必要なのですよね。これでよろしいでしょうか」

言いながら、タグを男性の方へ差し出す。男性はタグと、そしてルジェクを交互に眺め、そうしてから小さく息を呑んだ。

先ほどの魔法を、誰が行使したのか。見せつけるようにして、ルジェクは笑みを浮かべた。

「それと、俺はもうレーヴェンハイト伯爵家の者ではありません。ルジェク・ユスティーナ。ユスティーナ子爵令嬢《ししゃくれいじょう》、カティヤの夫です。お見知りおきください」

いつのまにか、推しが、色々な意味で、強くなっている。

照れたように表情を緩ませながら見つめてくる自身の夫を、カティヤは呆然と見つめ返した。

こうして狩猟祭において、ルジェクは優秀な成績を収めた。

また、突如として暴れ出した魔法動物が、他者に危害を加える前に食い止めた件もあり、今度王城へ呼び出され、直々に騎士の叙勲が行われる——との伝達が為《な》された。

ユグドラシルの恵みに感謝を捧げ、来たるべき冬の訪れが少しでも楽になるための祈りを行ってから、狩猟祭は閉会となった。

ルジェクは、というと、『腐り根』であると噂《うわさ》されているにも関わらず、あまりにも魔法の技巧が高いからか、興味を持って話しかけてくる人が数人居た。

カティヤとしては、人々がようやくルジェクの素晴らしさに気付いたようで、少しだけ誇らしかった。

誰かとの会話が終わるや否や、立ち替わるようにしてまた人がやってくる。誰に師事しているのか、と問いかける人なども居た。それほどまでに、ルジェクの戦果は、多くの人にとって予想外のものだったのだろう。

騎士の叙勲をされたら、さらにルジェクに話しかけてくる人が増えるのだろうな、とカティヤはぼんやりと思う。

腐り根だから、紋章痕が貧相だから、と様々なことを諦《あきら》めていた人にとって、ルジェクはきっと——眩《まばゆ》い星のような存在になるのだろう。

話しかけてくる人への対応を終え、カティヤとルジェクはようやく一息を吐く。

閉会した、とは言っても、多くの人々が親交を深めるために、その場に留まっていた。

カティヤはその中に、ライルの姿を見つけた。ちょうどライルもカティヤを見ており、視線が合う。物言いたげな様子だ。

ライルからすると、長年、『腐り根』として見下していた兄が、あんなにも魔法の技巧が卓越しているとは思わなかったのだろう。今の状況は、まさに寝耳に水なのかもしれない。

カティヤはルジェクをちら、と見つめる。

ライルがこちらを見ていることに、ルジェクも気付いたのだろう、ライルの視線から守るようにカティヤの肩に触れる。

カティヤはゆっくりと呼吸をして、それから肩に触れたルジェクの手を取る。

朝は挨拶が出来なかったが、ルジェクとカティヤが婚姻関係にある以上、まさか一切顔も言葉も合わせずに帰る、だなんてことは礼儀として許されない。

「ご挨拶に伺いましょうか」

「カティヤ……それならば、俺が一人で」

「ルジェクは私を硝子細工《がらすざいく》のように思っているんですか？　大丈夫です、簡単には壊れませんから！」

カティヤは笑みを浮かべる。握った手に力を込めて、「信じてください」と言葉を続けた。

ルジェクが一つだけ息を呑む。ふ、と困ったように表情を崩し、「……わかりました。では、共に」と囁いた。

二人で手を取り合い、ライルの元へ向かう。ライルはカティヤとルジェクの接近に気付いていたが、何も言わなかった。

その傍に、妙齢の男性が立っていた。アルベルト・レーヴェンハイト伯爵だ。ルジェクとライルの父であるその人は、ルジェクに気付くと剣呑《けんのん》な光を視線に宿した。

「何をしに来た」

「ご挨拶に伺いました」

カティヤに先んじて、ルジェクが緊張を滲ませた声を出す。アルベルトは重いため息を零すと、首を振った。

「必要ない、以前も聞いた」

アルベルトの声は、険しい。取り付く島もない、というのはこのことだろう。

以前の挨拶でも必要最低限の会話だけしか出来なかった。カティヤは笑顔で表情を武装しながら、カーテシーを行う。

ライルがふん、と鼻を鳴らした。苛立ちが表情にそのまま表れている。逆に、アルベルトの表情からは何も窺えない。

「……何をしたんだ？」

僅かなため息の後、アルベルトが再びカティヤに問う。何をした、とは。質問の意図がわからなくて、カティヤは目を瞬いた。

「何を、ですか？」

「しらばっくれるな、何かしたんだろ」

ライルが父親の代わりに言葉を続ける。早口だった。

「そうでなきゃ、兄さんがあんな——魔法を使えるなんて、あり得ない。腐り根なのに。ユスティーナ家は金ならあるのだから。なんだ？　どんな魔法道具を手に入れた？　狩猟祭で、金に物を言わせるだなんて、品性を疑う！　下劣だ！」

カティヤは息を吐く。そうして、ああ、と思った。

ルジェクがどれほどに努力をして、卓越した魔法の技巧を養《やしな》ったかどうかを、考えることもしない。

それどころか、まず、何かしたのだろう、と裏を疑う。

それが、ルジェクの家族で、ルジェクが今まで身を置いてきた場所だった。

むしろ、そんな風に考える方が——。

「下劣じゃないの……」

カティヤの喉の奥から、引き絞って発したような声が漏れる。

吐息に乗るか乗らないか、そんな声量で紡いだ声が、ルジェクには届いたらしい。カティヤ、と名前を呼ぶ声がする。

　大丈夫だと、良いのだと、言い含めるような優しい声だ。

　だから、カティヤはアルベルトを見つめる。

「私の夫が努力をして、得た結果です。そもそも、狩猟祭で、今まで父の惨憺《さんたん》たる結果を知っているのですか？」

「は……？」

　ライルが呆けたような声を出す。そう、――金で物を言わせられるなら、カティヤの父は確実にそうしていた。だが、しなかったのだ。

「金でどうにかなるような祭ではないと、誰もが知っています。狩猟祭は、ユグドラシルの恵みに感謝をするためのものですから。むしろ、そのように考えるなんて、公平を期すユグドラシルの王家を愚弄しているようにも聞こえますが」

　淡々と言葉を続け、カティヤはアルベルトとライルを見る。脅すような言葉になってしまっているのは重々承知だが、もう止まらない。

「まさか、そんなことはないでしょうから、先ほどの言葉は聞き流させて頂きますね。ねえ、ライル様。そうですよね。ルジェクが自分の力で、栄誉ある結果を勝ち取ったと、そう思われていますよね？」

「はあ？　思ってるわけ――」

ライルが怒ったように言葉を言いつのろうとし、アルベルトに制止される。頑《かたく》なだった表情に、僅かな疑問が宿っているのが見える。

どうして、カティヤがルジェクを大事に思っているのか、それが心底わからない、というような感情だ。

「私は、ルジェクの笑う顔が好きなんです」

「……か、カティヤ？」

急に何の話をしだすのか、というようにルジェクがカティヤの名前を呼ぶ。

「いえ、もう、どの表情も本当に最高ですし、どの服着ても似合ってるし、性格なんてもう一切文句つけようのないくらい聖人、どんなことをしても絵になる、最高の……！　最高の夫だと思っておりまして！」

カティヤは意気込む。ルジェクがカティヤの隣で顔を白くしたり赤くしたりしていた。家族の前で急に惚気《のろけ》られるとは思ってもみなかったのだろう。

「けれど、その中でも一番、笑顔が好きなんです。だから、――これからも、沢山笑顔を見せてほしいな、と思っています。詰まるところ、私はルジェクをこれからずっと、幸せにしていきたいので、今日のような暴言は控えて頂けますか？　そうしなければ、私、口が軽いもので……、色々、言うかもしれません」

これはお願い、ではない。脅しだ。

そうしなければ、先ほどの失言を誰かの耳に入れるから、という意味を裏に秘めている。

何せ、今日の狩猟祭でユスティーナ家の株は大いに上がった。ルジェクの活躍により、命を助けられた貴族も居る。

ユスティーナ家に注目が集まっている状況で、レーヴェンハイト家が『狩猟祭を否定するような発言をしていた』と言えばどうなるだろう。

もちろん、信じない者も居るだろう。だが、今回に関しては、『疑念』を抱かせるだけで良いのだ。それだけで、レーヴェンハイト家に対する見方は、変わってしまうのだから。

アルベルトが眉根を寄せる。僅かな思案の間を置いて、「……ライルには言い含めておこう」とだけ言う。ライルが愕然とした表情を浮かべる。カティヤは微笑んだ。

「ありがとうございます！　寛大なお心に感謝いたします。私の夫がどれほどに素晴らしいか、お伝え出来たようで何よりです！」

「……カティヤ……」

ルジェクが顔を赤くする。その様子に笑って、カティヤはアルベルト達の前から退《の》いた。

数歩ほど離れ、それから「帰りましょうか」とカティヤはルジェクを見た。ルジェクはカティヤの視線を受けて、困ったように笑う。

「……まさか、ライルや父のことを脅すなんて、……このようなやり方はやめてください。カティヤ、貴女の身が危ないですし、俺の心臓もこのままでは足りなくなります」

「頑張って心臓を強くしてください」

「……、努力します」

間を置いて、ルジェクが突けば壊れそうなほど、柔らかな笑みを浮かべる。その笑顔を見ると、カティヤもつられて笑みを浮かべてしまう。

(好きだな、笑顔も、何もかも)

ルジェクの全てが、愛おしくてたまらない。

カティヤはルジェクの手を取る。そっと触れると、ルジェクの指先が、少しだけ震えて、優しく握り返してきた。


馬車に乗り、王都の別邸まで帰る。

今日は別邸に泊まり、明日の朝、王都からユスティーナ子爵邸へ戻ることになっている。狩猟祭に参加し、疲れ切っているだろうルジェクを慮《おもんぱか》っての日程だ。

カティヤは別邸に到着後、すぐに使用人によって風呂に入れられた。

砂埃《すなぼこり》や土煙で、少しばかり肌がかさついていたので、有《あ》り難《がた》く思ったものである。

髪を風魔法で乾かしてから部屋に戻り、そうしてからゆっくりとソファーに腰を預ける。

ルジェクも、着替えてから、カティヤの部屋に来ると言っていた。ルジェクは汗もかいているし、多分カティヤ同様にさっぱりしてからこの部屋にやってくるのだろう。

来訪の時間まで、まだ少しある。

言いたいことと。聞いてほしいこと。お願いがあると言っていた。

一体なんだろうか。カティヤには今のところ、想像が付かない。

ルジェクはカティヤに何を伝えたいと考えているのだろうか。

ブランシュが淹《い》れてくれた紅茶で唇を潤《うるお》しながら、柄にもなく緊張していることに気付き、カティヤは小さく笑った。

緊張は、ルジェクから話したいことの想像が付かない――というのも一因としてある。

だが、それと同じく、カティヤからルジェクに話したいことがある、というのも、理由の一つ。

カティヤの唇が震える。ティーカップをソーサーに下ろし、そうしてから速くなりがちな胸の鼓動を抑えるように、深く呼吸を繰り返した。

（……幸せに、したい）

私が。

リーリヤではなく、カティヤ自身が、ルジェクのことを、幸せにしたい。

もしかしたら、それは茨《いばら》の道なのかもしれない。上手くいかない可能性だってある。ゲーム中のルジェクルートに比べて、ルジェクの幸福度が低くなることも考えられる。

（我《わ》が儘《まま》だな……私）

それでも、傍に居たいのだと。突き放したことに対する謝罪と、そして、これからも共に居たいという願いを、ルジェクに許してもらいたい。

ぐるぐると思考を巡らせている内に、時間が過ぎてしまったらしい。

軽いノックと共に、「ルジェクです。カティヤ、入ってもよろしいですか？」といつもの声がかかる。

どうぞ、と返事をすると、扉が控えめに開いた。

室内で、気心の知れた相手にのみ見せるような軽装のルジェクが現れる。カティヤと視線を合わせると、嬉しそうに笑みを零した。花が綻《ほころ》ぶような、そんな柔らかな笑みだ。

「カティヤ。お待たせして、すみません」

「全然待っていませんよ。そうだ、ルジェク、紅茶はいかがですか？　今お淹れします」

「ありがとうございます。なら、一杯だけ」

ソファーを薦めると、ルジェクはカティヤの隣に腰かけた。カティヤが紅茶をカップに淹れるのを眺めてから、「お時間を取って頂いて、ありがとうございます」と囁く。

それはむしろ、カティヤからお礼を言うべきだろう。今日の、ルジェクの人気ぶりが脳裏《のうり》に浮かび、カティヤは小さく笑った。

「こちらこそ、ですよ。なんだか……、改めて話す、となると照れてしまいますね」

「……そうですね。先ほどまで、いくつもの言葉を語らったのに。俺は今この時を、ひどく楽しみにしていたようです」

ルジェクが照れたように笑う。そうしてから、壁際に立つブランシュをちら、と見た。

「カティヤ。二人だけで……話をしたいのですが、難しいでしょうか？」

「いえ、大丈夫ですよ。人払いをしましょう」

カティヤは控えていたブランシュに声をかけ、室内から出てもらうように頼んだ。

人払いのことも合わせてお願いをすると、ブランシュはゆっくりと腰を折る。そしてカティヤにだけ見えるように、『上手くやれ！』というような視線を送ってきた。世話焼きにも程がある。

緊張を解そうとしてくれたのだろう、と得心し、カティヤは微笑む。

ずっとカティヤに仕えているからこそ、ブランシュは、カティヤの心を察してくれているところがある。ここ数日、カティヤがずっと浮かない顔をしていたのも知っているからこその視線なのだろう。

（あとでお礼を言わないとね）

ブランシュがカティヤの言う通りに室内をあとにする。

残されたのはカティヤとルジェク、二人だけだ。

カティヤはルジェクを見つめる。ルジェクからは、清潔な匂いがした。石けんの匂いのようでもあり、朝に開いた花から薫る、柔らかな匂いのようでもある。

「ルジェク、話したいこととは何ですか？」

カティヤが首を傾《かし》げると、ルジェクは僅かに息を詰まらせた。そうしてから、カティヤ、と乾いた声が零れる。少しばかりの熱を灯したそれが、カティヤの耳朶をそっと撫でるように響いた。

「……貴女は、俺と、友人関係のようにありたい、と最初に言ってくれました」

「——はい、そうですね」

「俺は……最初、貴女の言うことを、拒絶の意味に取ってしまっていました」

　カティヤは小さく目を瞬く。

　確かに、最初の頃、ルジェクは用がない限り、部屋の中で過ごすようになってしまった。カティヤの無理に愛さなくても結構です、という言葉を、拒否の言葉と捉《とら》えていたからだ。

　懐かしい。あの後すぐ、ルジェクを連れ出して、朝ご飯を共に食べるようになった。それは季節を経《へ》てもなお、ずっと続いている。

「ここへ来る前の頃、俺はレーヴェンハイト伯爵家で腐り根として、家畜以下の扱いを受けていました。母が死んでからは、なおのこと。ですから、色々な言葉を否定的に捉えてしまいがちだったのだと思います」

　ですが、とルジェクは続ける。そうしてから、カティヤをじっと見つめた。

「カティヤ、貴女は——貴女は違いました。俺のことを見て、俺の名前を呼んで、俺の手を握る貴女に、どれほど勇気づけられ、——希望をもらったか、きっと、どれだけ言葉を尽くしても、言い表すことは出来ないでしょう」

「……ルジェク」

「カティヤ。無理に、愛さなくても良いと――貴女は言いました。家同士の結びつきを強めるための結婚だから、という意図があったと存じます。貴女は俺を思って、そう言ってくれたのでしょう。それなのに、俺は……」

ルジェクは言葉を切る。そうしてから、そっと吐息を零した。体の内側に籠もる熱を、必死になって、吐き出すような、そんな吐息だ。

「貴女に、触れたい、と思うようになりました。手袋越しに、ではなく――俺の、手で。どうしようもなく、分不相応《ぶんふそうおう》な願いであることは承知の上で、……どうしても、貴女の肌に、触れたくて、仕方がないのです」

柔らかな声、穏やかな口調に、隠しきれない熱が籠もっている。

「カティヤ、どうか、俺に触れる許可を頂けませんか」

愛の告白のような――と考えて、カティヤは心中で首を振った。実際、愛の告白なのだろう。沢山の言葉を尽くして、触れたい、と、願うこと。それが愛の告白でなくて、なんだというのか。

カティヤは小さく息を呑む。

本当なら、すぐにでも頷きたい気持ちはあった。だって、カティヤの言いたいことは、もう既に、ルジェクが全て口にしてくれた。

だが、その時になって、心の奥底で――どうしても、不安の芽が、カティヤの決断を鈍らせる。

ルジェクを幸せにするのはリーリヤのみで。でも、リーリヤはインバスのことが好きで。

だから、カティヤは、ルジェクを幸せにしたいという気持ちを、誤魔化《ごまか》さずに持ち得ることが出来ている。けれど。でも。

もし、この先、ルジェクが不幸な目に遭ったら。しかもそれが、カティヤとの結婚のせいだったら――と思うと、少しばかり、怖くなってしまうのだ。

カティヤは指に力を込める。そうしてから、ルジェクを見つめた。

「……その問いに答える前に、私からも、一つだけ……聞いておきたいことが、あるんです。いいですか？」

「――もちろんです」

カティヤの言葉に、ルジェクが頷く。そうして、目を細めながらカティヤを見つめた。

言葉を出すまで、急《せ》かすこともなく、待ってくれるつもりなのだろう。それに有り難さを感じながら、カティヤは静かに言葉を紡いだ。

「私……、私は、その、ルジェクが……私ではなく、他の人と、婚姻を結んだ方が、幸せになるんじゃないかと、ずっと思っていたんです」

ルジェクが僅かに息を呑む。恐らく否定の言葉を口にしようとしたのだろうが、すぐにその声を呑み込んだのが、カティヤにはわかった。

「だから、ルジェクが……その、健康的になったら、すぐにでも離縁しようと、思っていました」

けれど。カティヤは息を詰まらせる。そうしてから、首を振った。

「私と居ても、幸せになれないかもしれません。それどころか、ルジェクを不幸な目に遭わせる可能性だって、沢山あります。けれど、でも、私は、私は」

声が震える。本音を吐き出すということが、ここまで怖いことだとは、知らなかった。

ルジェクの視線が怖い。答えが、吐き出される呼吸が、逃げ出したくなるほどの恐怖をもたらす。

けれど、言わなければいけない、と、カティヤは必死に舌を動かす。

カティヤの態度で、行動で、傷つけてきたであろうルジェクに、謝罪と、それと。

「私は、ルジェクと、一緒に居たいと思っています。無理に愛さなくて良いと言いました。嘘《うそ》ではないです。本当にそう思っていました。けれど、今は。――今は、私は。ルジェク。ごめんなさい。ずっと」

カティヤが言葉を連ねる。

するとルジェクが「カティヤ」と名前を呼んだ。

目を合わせるのが怖い。

けれど、穏やかな声に、まるで促《うなが》されるようにして、カティヤは下げていた視線を上げる。

ルジェクと目が合った。水色の瞳は、どこまでも優しい色を宿している。

「俺は、幸せになりたいから、カティヤの傍に居たいのではありません」

「ルジェク」

「カティヤの傍に居たいから。だから、――カティヤ、貴女の隣に居たいのです。もし不幸になっても、構いません。カティヤが傍に居るなら、俺はそれだけで、望外の喜びを抱くことが出来ます。——これは、答えになるでしょうか？」

カティヤは瞬く。僅かに視界が揺れた。

涙がほろ、と零れて、そうしてカティヤはゆっくりと頷く。

ルジェクが小さく笑い、カティヤ、とカティヤの名前を呼んだ。

「愛しています。カティヤ、貴女の居ない世界に、生きる意味はないでしょう」

「ルジェク……」

名前を呼ぶ声が涙に濡れる。カティヤは小さく笑って、それから首を振った。

優しい人だ。

相手の気持ちを理解して、その上で、優しく手で掬《すく》い上げるように——救ってくれる。

それを知っていた。だから、ずっと、好きだった。

「私も、——私も、ルジェクのことを、愛しています。触れたい、です」

「カティヤ……」

カティヤがルジェクの胸元に指を這《は》わせる。いつもより鼓動の速いそれを、手の平に感じた。

ルジェクが小さく笑い、そのままカティヤの頬に指先を添える。

顎を掬い上げるように動いたそれをくすぐったく思うのと、唇が重なるのは、ほとんど同時だった。

柔らかな唇を、そっと押しつけるような、そんな口づけだ。

それだけなのに、触れた部分から熱が零れるように体を巡っていく。

今まで触れ合わなかった分を取り戻すように、口づけを繰り返し、ようやく離す。

ルジェクがカティヤ、と囁いた。震えた声は、沢山の喜びを抱いているように響いた。

「――俺の、手で、貴女に触れてもよろしいですか？　……腐り根のある手では触れないように気をつけます」

「――大丈夫です」

カティヤはそろ、とルジェクの右手に触れる。

革手袋で覆《おお》われたそれを、優しくなぞるように指先を動かすと、ルジェクの喉が鳴った。

「触れて、ください。どちらの手でも、……ルジェクに、触れられたいです」

「カティヤ……。……」

ルジェクは僅かに惑《まど》うように視線を揺らし、カティヤの首元にキスをした。

そうしてから、右手に触れるカティヤの指を、絡め取るようにして握る。

「――俺の、手袋を……外してはくれませんか？」

「私が……？」

「もし、――もし、カティヤ、嫌であれば、そう言ってください。腐り根を見せるのは、体の内側を見せるのと同じと思え、と常々言われていました。ですが、俺はカティヤになら、全てを見てもらいたいのです」

カティヤは小さく息を呑む。そうしてから、ルジェクを見つめた。

恐らく、ルジェクは恐怖を抱いているはずだ。家族以外に見せたことのない腐り根を、人々に罵倒されていた紋章痕を、何より愛する人に見せようと、しているのだから。

きっと、今日、衝動的に決めたことではないのだろう。

多分ずっと前から、カティヤに、いずれ見せようと思っていたのかもしれない。だからこそ、カティヤは小さく頷いた。

革手袋。それの内側に指先を滑らせる。汗でしっとりとしたそれを、ゆっくりとした動作で外す。日に当たっていないからだろう。左手に比べると、少しばかり白い手の甲があらわになる。艶《なま》めかしさを感じさせるほどの白く清らかな皮膚。そこに這う紋章痕を見つける。

ルジェクの紋章痕は、右手の指から、手の甲にかけて伸びていた。植物の根のような模様が、手の甲の上半分を覆っている。

カティヤのものとは全く違う。これが『腐り根』と呼ばれる紋章痕なのか。

カティヤの紋章痕が、美しい形と形容するなら、ルジェクの紋章痕は、雄大な形をしている。そこに根付いている、力強さのある――紋章痕だった。

カティヤはルジェクの紋章痕を見つめる。ルジェクが、浅く呼吸する音が聞こえた。緊張と、恐らくは、不安のせいで震えたそれ。カティヤはルジェクの手を握ったまま、顔を上げる。

薄い水色の瞳と視線を合わせた。

「全然、醜くなんてないです」

カティヤの声が、静かな室内に響く。表情を緊張で固まらせていたルジェクが、目を瞬いた。

「むしろ格好良いなあって思いました」

笑いながら、カティヤはルジェクの手を持ち上げると、そのまま自身の頬に押し当てる。

「気持ち悪くもありません。触れてほしくない、なんて、思うはずもない。これからは手袋越しではなく――この手でどうか、沢山私に触れてください。ルジェク」

「……カティヤ」

カティヤが本心から言っていることが、伝わったのだろう。

ルジェクは瞬きと同時に、目に涙の紗幕を張る。少しでも均衡が崩れたら、決壊してしまいそうだ。

ルジェクはずっと、この紋章痕と生きてきた。誹《そし》られ、罵倒され、そして『腐り根』と蔑《さげす》まれる。

そして、それに慣れるしかなかった生活を強いられてきた。

だから、カティヤの前では、そういったことを我慢する必要のない、日々を送ってほしい。

手袋を外し、何の躊躇《ためら》いもなく、カティヤに触れ、カティヤからも手を伸ばす。お互いの指を絡め合って、それに幸福を感じるような生活をしていきたいのだ。

カティヤはそっと微笑んで、彼の手を取り、紋章痕にキスを落とした。

　ルジェクが小さく息を零した。そうして、泣きそうな顔でカティヤ、と名前を呼ぶ。

「本当に、……良いのですか？　腐り根は、うつる、とも言われています」

「本当にそのようなことがあったという話は聞いた覚えがありません。それに、もしそうなったとして、私は後悔をすることはありません」

　カティヤは首を振る。ルジェクの手を優しく握ったまま、軽く肩をすくめる。

「それよりも、ルジェク、貴方がそう思って、触れてくれないことの方が、悲しいです」

　カティヤはそっと指先でルジェクの紋章痕を撫でた。ルジェクの肩がびく、と震える。

「ルジェクの手は、温かいですね。心地《ここち》良いです。これからはずっと、この温度を私だけが独占出来てしまうのですね」

　不意に、ルジェクの眦《まなじり》から、ほと、と一筋の涙が零れ落ちていくのが見えた。

　泣いている、と認識すると同時に、カティヤは素手に触れていない方の片手で、ルジェクの眦に触れる。透明な雫を拭《ぬぐ》うと、ルジェクは驚いたような表情をした。

　そうして、涙を零しながら、笑う。

「……カティヤには、俺の情けないところばかり、見せてしまっていますね」

「そんなことないですよ。私だって、雷に怖がる姿を見せてしまったし……。それに、夫婦なのですから、そういう場面はむしろ見せ合っていきましょう！」

　カティヤは笑う。

そう、――カティヤと、ルジェクは夫婦なのだ。

だから、他人には見せられない弱い部分や、情けない部分だって、見せ合うことが出来る。

「支え合って生きていけるのが、夫婦の良いところ、でしょう？」

「……そうですね。その通りです。……カティヤ、貴女に出会うことが出来て、俺は、本当に……本当に、幸せです」

「それを言うなら、私こそ、ですよ。ルジェクと出会えた以上に、私の人生で幸運なことなんて、ありません！」

カティヤが言い切ると、ルジェクは笑う。

ほろほろと涙を零しながらも、けれど、幸せを噛みしめるように、笑みを浮かべている。

穏やかで、優しくて、――綺麗な、笑い方だ。とろけるような熱を瞳に乗せて、ルジェクはカティヤをじっと見つめてくる。

「カティヤ。……愛しています」

「ルジェク、私も、貴方のことを、愛しています」

ルジェクの指先が震える。もう一度、唇が重なった。

体温を分け与えるような、優しいキスだ。ルジェクから与えられる温かさが、じんわりとカティヤの心を解いていく気がする。

怖くないかと言われたら、きっとカティヤは首を振る。

ルジェクを不幸にしてしまうかもしれない、という気持ちがないかと言われたら、それにだって「ある」と答えるしかないだろう。

けれど、カティヤはルジェクを選んだ。

ゲームで定められた、ルジェクを虐げる『悪役令嬢』としての役回りではなく——彼の傍に居ることを、決めた。

ゲームの強制力が、これから先、どのようにカティヤとルジェクの元へ降りかかってくるかは、まだわからない。

けれどそれでも、共に手を取り合い、乗り越えていくことが出来るだろう、と信じている。

カティヤはきっと、ルジェクのことを、幸せにしてみせる。たとえどのような波乱が訪れようと、何があろうと、絶対に。

これから先の未来で、ルジェクの手を放すことは、しない。

唇を離す。そっと目を開けると、至近距離で視線が合った。お互いに、相手のことが愛おしいという感情だけしか浮かんでいない瞳に、くすくすと笑い合う。

ルジェクが眦を指先で拭った。涙はまだ止まらないらしい。

「……俺は、生まれてからずっと、一人で生きていくのだと、思っていました」

けれど、とルジェクは首を振った。

「これから先の人生に、カティヤ、貴女がずっと……共に居てくれることが、——これからもずっ

と、この日々が続くなんて、こんなに大切な人の傍に居られる日々が来るなんて、きっと、昔の俺に言っても、信じないでしょう」

思わぬ言葉にカティヤは瞬いて、それから小さく笑った。

そうして、ルジェクの眦にそっとキスをする。

その口づけが、温かなものとしてルジェクの心に響くことだけを、強く願った。

ルジェクが目を瞬く。そうしてから、カティヤ、ともう一度名前を呼ぶ。

優しい声は、愛おしい人を呼ぶように、カティヤの鼓膜を揺らした。

だからこそ、カティヤも口を開いた。

同じくらいの愛しさと熱を込めて、大切な人の名前を呼んだ。

エピローグ ❖ 愛していくこと

朝になり、目が覚める。カティヤはベッドの上で軽く伸びをして、上体を起こした。

大きな窓の外には、薄い雲が広がっていて、ちらちらと降っている白いものが見える。恐らくは雪だろう。

季節は冬になった。もう狩猟祭《しゅりょうさい》の日から一ヶ月以上経《た》つのだなあ、なんて考えて、カティヤはそっと息を吐く。

――ルジェクは、狩猟祭の後、騎士の叙勲を受けた。名誉騎士とされるそれは、狩猟祭で輝かしい成績を残した者だけが、受けることの出来る、特別な勲章だ。

ルジェクが『腐《くさ》り根《ね》』であるということは、貴族の間では周知の事実であったが故《ゆえ》に、ルジェクが叙勲を受けたというニュースは一世を風靡《ふうび》した。

ルジェクの名は、多くの貴族の口の端に上ることとなり、実際には嘘《うそ》なのだろうが、ルジェクの紋章痕《もんしょうこん》を見たことがある、と言い出す者まで居たほどだ。

紋章痕の美醜。それによる、魔法の巧拙。それらは比例するとされていた。

だが、今はそれに疑問が生じている。今まで、紋章痕が醜いというだけで虐《しいた》げられてきた人々が、ルジェクの活躍を知って、前を向くようにもなっているのだという。

ルジェクの元に、幾人かから手紙が届いた。それらは、社交界において、腐り根と言われていた貴族の嫡子《ちやくし》からのものが多かった。

人々の、紋章痕に対する偏見が、少しずつ変わりつつあるのを、カティヤは肌で感じる。きっと、もう少し経てば、この潮流は、世論を呑み込んでいくだろう。

他にも多くのことが、変わった。――それは、カティヤとルジェクの関係性も。

狩猟祭の夜から、カティヤとルジェクの寝室は同じ部屋になった。

日中は基本的に今まで通り別室で過ごすことが多いが、夜は必ず、共に寝るようにしている。

愛する人と共に眠ることが出来ることが、こんなにも幸福なものだとは、カティヤは知らなかった。

実際、今でもなんだか信じ切れないところがある――なんて言ったら、ルジェクは怒るかもしれないが。

ゲーム内で悪役令嬢としての役割を与えられたカティヤと、そして主人公であるリーリヤの攻略対象としての役割を与えられたルジェク。本来なら、何があろうと結ばれない二人だ。

もしかしたらとんでもない不幸が襲ってくるかもしれない、とカティヤは以前から少しばかり戦々恐々としつつ、覚悟を決めていたが、今のところそのようなことは一切ない。

カティヤが――勝手に怯《おび》えていただけ、なのかもしれない。

こうしなければならない。こうでないといけない。そうやって沢山の可能性を、自分で潰していただけで、本当は――強制力なんてもの、端から存在しなかったのかもしれない。真相はわからないけれど、カティヤは、今手にしている幸福を絶対に手放したくないと思うし、ルジェクにも沢山幸せになってほしいと思う。

カティヤの傍《そば》で、嬉しそうに、柔らかな笑みを見せていてほしいと、ずっと願っている。だから、その幸せを継続するために、努力を重ねる。ルジェクの手を、解かないように固く握り締める努力を、ずっと続けるだろう。

「――カティヤ、起きていたんですか？」

隣《となり》で眠りについていたルジェクが、起き抜けの、ゆっくりとした速度でカティヤの名前を呼ぶ。ルジェクはゆっくりと上体を起こすと、そのままカティヤの傍に肩を寄せてきた。

「少し前に。ルジェク、おはようございます」

「おはようございます、カティヤ。……今日は雪が降っているようですね。寒くありませんか？羽織《はお》れるものを用意しましょうか」

ルジェクが軽く首を傾げる。カティヤは首を振った。ルジェクが傍に居る上に、肩を寄せ合っているのだ。今はこの温度を、楽しみたい。

「大丈夫です。それよりも傍に居て頂けたら嬉しいです」

ルジェク、と名前を呼ぶ。頬《ほお》を撫でるように指先を動かすと、ルジェクの喉がくすぐったそうな声を零した。

「……カティヤにそんなことを言われたら、叶えずにはいられません」

柔らかく唇の端を持ち上げながら、カティヤの手にルジェクの指先が触れる。紋章痕のある、右手だ。

二人きりの時だけ、ルジェクは革手袋を装着しないようになった。

ルジェクにとって、その選択がどれほどに勇気の要る行動であるかを、カティヤは想像出来る。

だからこそ、カティヤはすぐ、指先でルジェクの手を絡めとる。絡まった指先で、手の甲の紋章痕を撫でると、ルジェクが小さく息を詰めた。

カティヤ、と諫《いさ》めるような声が、少しだけ乾いている。少しだけくすぐったくて、そして多分、それ以上に扇情的《せんじょうてき》な感情を滲《にじ》ませたそれだった。

「そんな風に触れられると、——我慢が出来なくなってしまいます」

「我慢？」

「カティヤを、一日中独占したい、という気持ちの、我慢が……」

そろ、と零された言葉にカティヤは笑う。

そうしてから、「それは我慢してもらわないといけませんね」と囁《ささや》くように続け、ルジェクの頬に口づけた。

寝間着を脱いで、そのまま室内着に着替えていると、同じように起き出してきたルジェクが、後ろからカティヤのことを抱きしめてきた。

ルジェク、と諫めるように名前を呼ぶ口に、ルジェクの唇が重なる。吐き出した吐息がそのまま二人の間で零れるように消えるのがわかった。

軽い口づけを交わして、お互いに笑い合う。

不意に、外から子どもの笑い声のようなものが響いてきた。恐らく、邸の近くで、子どもが遊んでいるのだろう。冬の空は澄み切っていて、だからこそ、遠くの声もよく響いて聞こえる。

「雪が降ると子どもが元気になりますね」

楽しげな声は、すぐに遠くなっていく。それに名残惜しさを覚えながら、カティヤは囁いた。ルジェクが頷《うなず》いて、それから頬を赤らめる。急にどうしたのだろう。恥ずかしそうに視線を逸《そ》らすルジェクの名前を呼ぶ。

「ルジェク、どうかされましたか？」

「いえ、その、……」

ルジェクは言いづらそうに口の開閉を繰り返し、それから意を決したようにカティヤを見た。

「……俺と、カティヤの子どもが出来たら、雪の日に共に遊ぶこともあるのだろうな、と思ってしまいました」

思わずカティヤは呆けてしまう。俺とカティヤの、子ども。紡がれた言葉を頭の中で繰り返し、頬が緩んでしまうのを止められない。

カティヤはくすくすと笑って、ルジェクの肩に頭を預ける。

「そうですね。きっと。――雪の日だけでなく、晴れの日も、雨の日も、一緒に遊ぶことになるでしょうね。楽しみです」

「……はい。俺も、楽しみで、仕方がありません」

ルジェクが、優しい声で囁く。カティヤはそっと目を閉じた。

いずれ、いつか、子どもを授《さず》かることが出来たら。

そしたら、ルジェクはきっと喜んで、少しだけ不安になって、多分嬉しくてちょっとだけ泣くのだろう。

そして多分、カティヤはそうやって泣くルジェクの隣で、彼の涙を拭《ぬぐ》いながら一緒に笑うのだ。

男の子でも、女の子でも。どんな子でも良い。紋章痕が貧相であろうと、豊穣《ほうじょう》の根と呼ばれようと、どちらでも良い。

ルジェクとの間に生まれた子どもを、カティヤは全身全霊をもって愛する。

きっと、ルジェクがそうするように。

そうやって、ずっと生きていく。

二人で、そして、いずれは子どもも一緒に。共に時間を重ね、穏やかに生きていくことの出来る場所を、作り上げていく。

希望はこれから先の未来に広がっていて、カティヤとルジェクは道に落ちるそれを一つ一つ、ゆっくり丁寧に拾い上げながら、生きていくのだ。

カティヤはルジェクの手に、自身の手を重ねる。自身の手よりも少しだけ骨張っていて、男性らしい手つきのそれに、指先を絡める。

――幸せになるために、幸せにしてもらうために、カティヤの傍に居るのではないと、ルジェクは言った。

隣に居たいから、傍に居るのだ、と。

けれどカティヤとしては、ルジェクには沢山沢山、幸せになってもらいたい。彼がずっと苦しんできた日々が、かすむくらいに沢山。

推しであるルジェクを幸せにするのはリーリヤしか居ない。以前のカティヤなら、そう言っていただろう。

だが、今のカティヤは、そうではない。

推しであるルジェクを、幸せにするのは自分でありたい、と胸を張って言い切ることが出来る。

きっと誰しもが、誰かの幸せを思って、幸せになるようにと行動するための権利を持ち得ているのだと、信じている。

だからこそ、カティヤはルジェクの手を取る。名前を呼ぶ。愛を込めて、同じような温度の視線を交わし、笑みを交わし合う。
そうやって、沢山の幸せを紡いでいく。ちょうど、花を重ねて花冠を作るように。
カティヤの指を彩《いろど》る、花の指輪が柔らかく揺れる。
ルジェクとの愛を形にしたそれは、カティヤの手元で優しく輝いていた。

番外編 ❖ 幸福は全て貴女と共にある

ルジェクが生を受けたユグドラシルには、その地に生まれ落ちた人々が神から与えられる恩《おん》寵《ちょう》――紋章痕《もんしょうこん》というものが存在する。

紋章痕の模様には明確な優劣が存在し、花のような形などの優美なものであればあるほど良いとされ、逆に、貧相だったり形が悪く、指からはみ出しているものなどは『腐《くさ》り根《ね》』と呼ばれ、生涯蔑《さげす》まれて暮らすことになる。

ルジェクは、『腐り根』を持って生まれた、レーヴェンハイト伯爵家《はくしゃくけ》の長男だ。

世継ぎとして多くの期待を持って生まれ、けれど、ルジェクは『腐り根』であるが故《ゆえ》に嫡子《ちゃくし》としての地位を剥奪《はくだつ》された。

父はルジェクを居ない者として扱い、母はルジェクのことを腫れ物に触るように扱った。

ただそれでも、母はまだ、ルジェクに対して生きる術《すべ》を持たせようとしてくれていたように思う。

母が生きていた頃は、母によって様々なことを教えられた。

礼節、そして貴族としてあるべき態度、そういったもの全て、ルジェクは母から学んだ。

ルジェクが上手く出来た時、母は安堵《あんど》したような表情を浮かべるから、なおさら、必死で勉強をしたものである。

だがたとえどのような難しい魔法を習得したとしても、母は、ルジェクに触れることはなかった。

『腐り根』はうつる、という噂《うわさ》が大衆の中で囁《ささや》かれていたからだろう。

けれど、それでもルジェクは、自身のすることで、母が少しでも喜ぶ顔を見せることが嬉しかった。

ルジェクの幼い頃の記憶は、父母の厳しさと、日々使用人からも向けられる侮蔑《ぶべつ》の視線に溢《あふ》れている。

父親との思い出は、「隠せ」と革手袋を渡された以外、あまり覚えがない。

父からしたら、レーヴェンハイト伯爵家の名を汚した存在である。愛情をかけられることも、何か出来たからと褒めてもらえることなども、一切なかった。部屋の隅《すみ》に巣くう害虫を見るような目で見られているのを知ってもなお、ルジェクは必死に努力をした。

そうしなければ、生きる意味が失われる、と思った。

その後生まれたライルが、美しい紋章痕を持っていたのだけが、救いと言えば救いだろう。

嫡子としての地位をライルが受け継ぎ、ルジェクは本格的に居ない者として扱われることになった。

仕方の無いことだろう、と、ルジェクは理解していた。

この世界において、絶対的な価値を持つ紋章痕が、ルジェクは醜いのだ。むしろ、生まれた瞬間に殺されなかっただけ、まだ良い方だ。

母が亡くなってから、ライルの態度は顕著《けんちょ》に悪くなり、ルジェクのことを『恥晒し』と呼んではばからなくなった。

当然だ。ルジェクさえ居なければ、長い歴史のある家門《かもん》がここまで落ち込むことはなかった。『腐り根』の持ち主は、往々にして悲惨な結末を迎える。ルジェクもまた、そうやって死んでいくのだろうと、どこか遠くで物語を眺めるような心地《ここち》で居た。

そんな最中――ルジェクを、是非婿《むこ》に迎え入れたい、とユスティーナ子爵家《ししゃくけ》からの連絡があった。

提示された結納金の額を見て、ライルがひどく喜んでいたことだけを覚えている。

父アルベルトは、レーヴェンハイト家の名誉と、渡される金額を天秤にかけて悩んでいた様子だったが、数日後、ルジェクは彼の自室に呼ばれ、そこで「ユスティーナ子爵家と婚約を結んだ」ことを、伝えられた。

近い内に先方の家へ向かうように言われ、ルジェクは頷《うなず》いた。簡素な部屋にある私物をいくつか包み、次の日の内に馬車で子爵家へ向かった。

ユスティーナ子爵家の名前は、ルジェクも聞いたことがあった。

現当主の父の代で、商人から財を成し、領地と爵位を買い上げた、いわゆる成金貴族である。

当主が代わっても、ユスティーナ子爵家の財力、並びに商才は留まるところを知らないということも。

そして、その嫡子として、年若い令嬢が居る、ということも知っていた。

名前はカティヤ・ユスティーナ。美しい紋章痕を持っているという噂を聞いた覚えがある。

紋章痕が優れていれば、恐らく引く手あまたであろうに、どうしてルジェクに婚姻を申し込んだのだろうか。ルジェクの紋章痕については、貴族社会に身を置いていれば、情報を集めようとせずとも聞こえてくるはずだ。考えて、ルジェクは首を振る。

『腐り根』を家に入れてまでも、利益がある、と思われたからこそ、婚姻の手紙が来たのだろう。

貴族社会で生きていく以上、名に歴史があることは重要だ。

その点、ユスティーナ子爵家は歴史のある貴族ではないからと、歴史ある貴族で、現在困窮に陥っているレーヴェンハイトに狙いを澄ました可能性もある。紋章痕と家名を天秤にかけ、由緒《ゆいしょ》正しい貴族と婚姻を結べるならそれが良い、と思われたのかもしれない。

ルジェクには想像もつかない。ただ、今回の婚姻に際して、莫大な援助をユスティーナ子爵家からレーヴェンハイト伯爵家が受けていることは、想像に容易《たやす》かった。

失敗は許されない。それこそ、一目見て、帰れと言われるようなことになってしまったら、と思うとぞっとする。

ルジェクがすべきことは決まっていた。気に入られるように、努力をすること。——相手が、望むことを、すること。

幼い頃から周囲の目に気をつけて生きてきた。そうしなければ、生きていけなかったから、というのが理由の大きな部分としてある。だから、今回もそのようにする。

右手の革手袋を、左手で握る。まだ見ぬ自身の妻を思いながら、瞼《まぶた》を閉じた。

それからの日々は、ルジェクにとって、人生の意義を塗り替えてしまうようなものだった。

カティヤは最初こそ、「無理に愛さなくても良い」と宣言をしてきたが、その実、ルジェクのことを気にして、ルジェクに躊躇《ためら》いなく笑いかけ、共に食事を、と誘い、——誰もが触れるのを嫌がる右手に、自然に触れてくるような女性だった。

今まで、ルジェクの身の回りに一切、居なかったような人だった。美しい紋章痕を惜しげなく晒しながら、けれど、一切その美しさをひけらかすことはしない。

赤色の髪を揺らし、緑の瞳をきらきらと輝かせながら、ルジェクのことを呼ぶ。その鮮烈とも言える色彩に、見惚れてしまったのは、仕方無いことだろう。

カティヤは自分の顔立ちを「ちょっとキツそうに見える気がする」と言っているようだが（カティヤの専属侍女《じじょ》からこっそりと告げられたことだ）、ルジェクからすると愛らしい顔立ちをしていると思う。表情がくるくると変わる様は、ずっと見ていたくなるくらいだ。

それに、カティヤはルジェクのことを細い、細い、と心配するが、ルジェクからするとカティヤの方が華奢な体付きをしている。王都へ出かけた際に、抱き上げた体があまりにも軽くて少しだけどきりとした。カティヤの方が、もっと食べるべきだろう、とルジェクは思う。

あまりにも軽いと、いつのまにか——消えてしまいそうで怖い。

けれど、カティヤにその事を告げたら、「私がルジェクを置いてどこかに消えると思いますか？」と笑われそうだ。そして多分、そう言われたら、ルジェクは首を振るしかない。

いいえ、カティヤ。貴女《あなた》が俺を置いていくことなんて、ないのでしょう、と。

赤く輝くものを見ると、カティヤのことを思い出す。美しく萌える木々や草花の緑にも、カティヤの姿を見てしまう。

全てのものがカティヤに結びつくようになっていき、ルジェクは自分の心の変容に驚いた。こんな風に誰かのことを想うことになるだなんて、思いも寄らなかったのだ。

いつからか、ルジェク、と名前を呼ばれることを、毎日の楽しみにしてしまう自分がいた。

カティヤ、と名前を呼んだ時に向けられる優しい視線を、独り占めしたいと考えてしまう。自身にだけ触れてほしいと願ってしまう。

——無理に愛するな、と言われたが、そんなことを考える余地もなく、いつのまにか、惹かれていた。

傍《そば》に居たい。並び立てるような存在で在りたい。そう、切望するほどに。

ルジェクとカティヤは、沢山の日々を共に過ごし、そして本当の意味で、夫婦となった。共に夜を過ごし、朝を迎え、お互いの顔を一番に見て名前を呼び合う。

幼い頃の自分に、将来はこうなっているのだと伝えたとして、きっと信じることはないだろう。そんな温かい日々の中に、ルジェクはいる。

今も。――これからも。


ルジェクはゆっくりと頭《かぶり》を振る。回想に陥っていた思考を現実に戻し、それから、目の前の鏡を見つめた。

今日のために誂《あつら》えた、美しい白色のタキシード。襟に刺繍《ししゅう》が施《ほどこ》されており、絹糸はカティヤの瞳の色に似たものを使っている。お互いの色をどこかに入れたい、と言い出したのはカティヤで、それにルジェクも賛成をした。

寸分の狂いなく採寸されたシャツは、ルジェクの体にぴったりと添っている。

ネクタイは紺色のもので、上質な生地を用いていることもあり、光を照り返すように輝く。すらりとした足を覆《おお》うのは、タキシードと同じ色のパンツだ。普段常に着用している革手袋も、今日に合わせて純白にしている。

試着した時に、カティヤがひたすらに「かっこいい」「似合ってる」「最高」と言い続けていたのを思い出して、ルジェクはふ、と笑みを零す。きっと今頃、カティヤも綺麗なウェディングドレスに身を包んでいるだろう。

——結婚式をしませんか、と言ったのは、ルジェクからだった。

先日、カティヤが懇意にしている、平民のリーリヤが、幼なじみである男性と結婚式を挙げた。

それに招待され、カティヤに連れ添いルジェクも参加した。

式はささやかだが、とても幸福に満ちたものだったように思う。

誰もが主役二人を祝い、そして、彼らの幸福を祈る。カティヤは感動したのか、終始泣きそうな顔だった。

式が終わった後、その感想を口にしていたカティヤに、ルジェクは思い切って、提案をした。

元々、カティヤとルジェクの婚姻は家同士の繋がりを作るためのものであり、また、ルジェクの状況もあって、結婚式は挙げていなかった。

カティヤも、元々挙げるつもりはなかったようで、結婚式をしないまま、夫婦として今までの日々を過ごしてきた。

もちろん、このままでも問題はないと知っている。

ルジェクはカティヤを愛しているし、カティヤもルジェクを愛してくれている。そうであれば、今、無理に結婚式を執《と》り行う必要はないだろう。

けれど、見たい、と思ってしまった。

ウェディングドレスに身を包み、ルジェクの隣《となり》で幸せそうに笑うカティヤの姿を、多くの人に幸せを祈られるカティヤを、——目に焼き付けたい、とどうしようもなく、思ってしまったのだ。

だからこその発言だった。

カティヤは呆《ほう》けたように目を瞬《しばた》いて、それから「け、結婚式、ですか？」と慌てたように言葉を続けた。ルジェクは頷いた。

「……いかがでしょうか。任された領地を経営するにあたって、多少なりとも自由に出来る余剰金が出てきました。余剰金に関しては俺の自由にして良いと言われていて、……それを使えば、問題なく結婚式を挙げることが出来るかと思います。……もちろん、カティヤが、俺と……結婚式を挙げたくないのであれば、今まで通りに致します」

「あ、挙げたくないなんて。そんなこと。全然ないです。……嬉しくて、……その、言葉が、上手く、出なくて」

カティヤが首を振る。顔を紅潮させて、カティヤはルジェクの胸元に抱きついてきた。

ぎゅう、と抱きしめられて、ルジェクは息を呑む。重なった肌から、カティヤの鼓動の音が響いてきた。それはいつもより、少しだけ速い。

——多分、きっと、喜びのせいで。

ルジェクはカティヤの背に手を回す。

自身の妻を優しく抱き上げて、「提案を受け入れてくださって、嬉しいです、カティヤ」と名前を呼んだ。カティヤは眦《まなじり》を赤くしてルジェクを見つめ、それから嬉しそうに笑った。

それがきっと、答えだった。

使用人や、カティヤのご両親に用意を全て任せることも出来たが、そうしなかった。

二人で挙げるのだから、自分達ですることを決めよう、とはカティヤの言葉で、ルジェクもそれに頷いた。

様々なことを決めるのには時間と気力を要したが、それでも、カティヤと共に話し合う時間は、とても穏やかで、優しいものだった。

そういった日々を積み重ね、今日、二人は結婚式を執り行うことになった。


昨日の夜、カティヤはしきりに眠れない、どうしよう、と言っていた。

その様子にルジェクが思わず微笑《ほほえ》んでしまったのは、仕方の無いことだろう。

自分と婚姻を結んだこと、そして明日、結婚式を挙げることを、嬉しく思っているという感情が、その言葉から溢れていたから。ルジェクはカティヤの体を抱きしめて、その背を撫でた。

カティヤの体は華奢《きゃしゃ》で、触れる時にルジェクはいつも緊張する。少しでも力をかけたら折れてしまいそうな気がしてならないからだ。

ただ、そんなことを言ったら、カティヤは笑いながら「折れません。試してみますか？」と言ってきそうだが。

そんなカティヤに、どれほどの数、ルジェクは救われてきたのだろう。

今や、ルジェクの心はカティヤで満ちていて、それがなかった時のことなんて、想像が付かないほどだ。

自分は今までどのようにして生きてきたのだろう、と不思議に思うほどである。

そうこうしている内に、不意にノックの音が響いた。答えを返すと、カティヤの侍女であるブランシュが「カティヤ様の用意が出来ました」と伝えに来てくれた。

「良ければ先んじてご覧になられますか？　カティヤ様も着替えている間、ルジェク様の正装を見たい、としきりに、何度も、ずうっとおっしゃっていました」

ブランシュは、カティヤのことを妹のように思っているのか、ルジェクが夫としてやってきたばかりの頃は、見極めてやる、とばかりの視線を向けられていたように思う。だがそれも今はなくなり、カティヤとルジェクの仲を見守ってくれている。

「カティヤがそう言っているなら、是非。案内してくれますか」

「承知致しました。こちらです」

扉を開け、ブランシュを先導に歩いて行く。カティヤの控え室はすぐ近くにあった。

ブランシュが戸を叩き、「ルジェク様がお越しです」と声をかける。すぐ、室内から「ルジェクが？」と浮き立ったような声が聞こえてきた。

「ブランシュ、本当に伝言に行ったの？」

「お嬢様があれほど言われていたので。全てお伝えしました」

「ちょ、ちょっと！　もう！　――とにかく、その、入ってください」

ブランシュがノブに触れ、そのまま扉を開く。ルジェクは促されるままに足を踏み入れた。

室内は、ルジェクの控え室と同じような形をしていた。光を多く取り入れるための窓に、着替えるための大きな鏡。休憩用のソファーがいくつかと、小さなテーブルが隅の方に置かれている。

カティヤは、その真ん中に居た。

美しい銀糸で刺繍が施された、プリンセスラインのウェディングドレスを身に着けている。上半身部分がぴったりと体に寄り添うように作られており、腰から下にかけて、レースを幾重にも重ねて作られているスカートが柔らかなラインを出していた。

貴重な宝石を使用したネックレスが、上品さの中に彩《いろど》りを添えている。

髪は綺麗に結われていて、髪飾りとしてルジェクの目の色に近い水色の宝石をあしらった、銀細工のアクセサリーを身に着けていた。

「ルジェク！　凄い、素敵です、やっぱりかっこいい。流石《さすが》、流石です……！」

ルジェクを見るや否や、カティヤが楽しげに声を上げる。何か返すべきなのだろうが、ルジェクは言葉が上手く形にならず、じっとカティヤを見つめた。

「……カティヤ」

ようやく、間を置いて発した言葉は、僅かに震えていた。

綺麗だ、と思う。

きっとユグドラシル中を探しても、こんなに美しい人は、他に居ないだろう。

喉の奥がぎゅうっと窄《すぼ》まって、吐息が熱くなる。自分一人では抱えきれないほどの感情を、どのように形容すべきか悩んでいると、カティヤが瞬いた。それから、嬉しそうに笑う。

陽だまりのような笑顔だった。

「……カティヤ、綺麗です……。誰よりも、何よりも、俺が今まで、見てきたものの中で、……一番、美しいと思います」

「ありがとうございます！　嬉しいです」

ようやく発した言葉は、褒め言葉としては十人並みのものだった。

だが、これ以上に、カティヤを賛美する言葉を、ルジェクは知らない。ルジェクはゆっくりとカティヤに近づいた。そうして、手で、カティヤに触れようとして、逡巡する。

その躊躇いを、カティヤはすぐに悟ったのだろう。ルジェクの手を取って、頬にそっと手を押し当てるようにした。

綺麗だ、と思う。

きっと、ルジェクにとっての幸福は、カティヤの形をしているのだろう、と思った。

「……愛しています、カティヤ」

「ふふ。嬉しいです。でも、誓いの言葉はまだ早いですよ」

カティヤが笑う。これから先、きっと、数え切れないくらいの数、同じように笑顔を見ていくことになるだろう。それらの一つ一つを、ルジェクは心に刻み込めるようにして、忘れないと誓う。

　もうすぐ、開場の時刻となる。そうなったら、誰もがカティヤの幸せを祈り、カティヤのことを祝福するだろう。

「……カティヤ、今日、貴女の幸せを、誰もが祝うことでしょう」

「ルジェクの幸せも、ですよ」

　カティヤが瞬いて、それから訂正するように言葉を連ねる。ルジェクは息を呑んだ。

「ルジェクの幸せを、誰もが祝います。私とルジェクが幸せになるようにって、沢山の人々が。だから、きっと、幸せになりましょうね。一緒に」

　ああ、とルジェクは心の中でそっと息を零す。そうして、適わないな、なんて笑った。

　幸せにするのではなく、幸せにしてほしい、でもなく、——一緒に、幸せになるのだ。

「……はい。カティヤ。共に、幸せになりましょう」

　これから先、ずっと、カティヤの傍に居られること。

　これ以上に幸せなことなど、きっと、ない。

　ルジェクはそっとカティヤに顔を寄せる。

　瞼《まぶた》を閉じるカティヤを見つめて、同じように瞼を閉じた。

　誓いのキスを、先んじて、二人だけで交わすように。

あとがき

初めまして、こんにちは。うづきと申します。

この度は『無理に愛さなくても結構ですので　～推しキャラと一年で離縁する悪役令嬢のはずでした～』をお手に取っていただき、誠にありがとうございます。

ＫＡＤＯＫＡＷＡ様から書籍化のお話を頂いた時、夢……!?　と思いました。今もなんだか、ずっと夢の中に居るようです。

今回、書籍化にあたって沢山加筆をして、沢山キャラクターを増やしました。ルジェク視点のお話を書いたり、二人のその後についてもちょこっと書き足したり……。沢山好きなものや、好きな要素を詰め込みました。

　既にムーンライトノベルズにてご覧頂いていた方にも、今回初めてお手に取っていただいた方にも、楽しんで頂けていると嬉しいなあと思います。


　本作はムーンライトノベルズにて連載をしていたのですが、連載中、ルジェクの設定を練るにあたって、欠かせないのがふわふわお兄さん要素でした……!　個人的にふわふわなお兄さんが大変好きでして、そういうふわふわなお兄さんが境遇故に苦労しながらも努力し、最終的に幸せになるまでを書きたいなあと思いながら、ぽちぽちと打ち込んで居た思い出があります。最終的にがっつり幸せになってくれたと思います。

ヒロインとヒーローが無くてはならない関係性を結ぶというのも本当に好きでして……、今回はそういった部分を大切にしながら書きました。同じ性癖の持ち主の方に響いていたら嬉しいなと思います。

今回素敵な表紙イラスト、並びに挿絵を描いてくださいました唯《ゆい》奈《な》様、本当にありがとうございました！　キャラクターデザインが上がってきた時に、私の想像の中で生きていた二人が、形を伴って目の前に出てきてくれたような気がしました。作業中に何度も眺めては最高……と元気を頂いておりました。重ね重ねとなりますが、本当にありがとうございます。

最後になりますが、素敵な表紙デザイン並びにロゴデザインをしてくださったデザイナーの皆様、また、初めての書籍化作業で右も左も分からない私に根気よく付き合ってくださった担当様、作業のお供をしてくださった友人、お話を最後まで読んでくださった皆様には感謝の念に堪えません。

本当にありがとうございました！

またいずれ、お会い出来ましたら幸いです。

eロマンス ロイヤル

本書は「ムーンライトノベルズ」(https://mnlt.syosetu.com/top/top/)に
掲載していたものを加筆・改稿したものです。
この作品はフィクションです。実在の人物・団体・事件などにはいっさい関係ありません。

●ファンレターの宛先
〒102-8177　東京都千代田区富士見 2-13-3　eロマンスロイヤル編集部

無理《むり》に愛《あい》さなくても結構《けつこう》ですので
～推《お》しキャラと一年《いちねん》で離縁《りえん》する悪役令嬢《あくやくれいじよう》のはずでした～

著／うづき

イラスト／唯奈《ゆいな》

2024年6月30日　初刷発行

発行者　山下直久
発行　株式会社KADOKAWA
〒102-8177　東京都千代田区富士見2-13-3
(ナビダイヤル) 0570-002-301
デザイン　SAVA DESIGN
印刷・製本　TOPPAN株式会社

●お問い合わせ
https://www.kadokawa.co.jp/ (「お問い合わせ」へお進みください)
※内容によっては、お答えできない場合があります。
※サポートは日本国内のみとさせていただきます。
※Japanese text only

■本書の無断複製(コピー、スキャン、デジタル化等) 並びに無断複製物の譲渡および配信は、
著作権法上での例外を除き禁じられています。また、本書を代行業者等の第三者に依頼して複製する行為は、
たとえ個人や家庭内での利用であっても一切認められておりません。

■本書におけるサービスのご利用、プレゼントのご応募等に関連してお客様からご提供いただいた
個人情報につきましては、弊社のプライバシーポリシー(https://www.kadokawa.co.jp/privacy/)の
定めるところにより、取り扱わせていただきます。

ISBN978-4-04-738026-4　C0093　©Uzuki 2024　Printed in Japan
定価はカバーに表示してあります。